Gabriele Kuhnke

Die Acht vom großen Fluß

Die unheimliche Vogelinsel

SCHNEIDER BUCH

Die Acht vom großen Fluß

Sabine, 12, schulterlanges, dunkles Haar, als einzige nicht blond; spitze, schmale Nase; dicke Ponyfrisur. Wittert dauernd spannende Fälle. Sehr pfiffig.

Bastian, 12, hat kurzes blondes Stoppelhaar und sehr abstehende Ohren. Ist der Anführer der Jungen. Intelligent. Manchmal muffelig.

Susanne (Su), 8, Sabines jüngere Schwester, die immer mit will. Hat dünne, widerspenstige, rotblonde Zöpfe, ist lustig, lacht und weint viel, hat Sommersprossen. Su ist eine Nervensäge, aber lieb.

Kater Bandit wurde irgendwann von Sabine halb ertrunken gefunden und adoptiert. Die Familie liebt ihn. Bandit ist pechschwarz mit weißen Pfoten. Hat nur ein Auge. Hofft, irgendwann Hamster Husch zu erwischen. Geht meistens mit den Kindern mit. Ist ein ganz besonderer Kater.

Florian (Flo), 10, hat ganz dicke blonde Locken (um die ihn die Mädchen beneiden). Flo ist klein und dünn, ein bißchen ängstlich. Liest leidenschaftlich gern.

Heike, 12, und **Heiko,** 11, Geschwister, haben beide ganz kurz geschnittenes blondes Haar.
Heiko weiß immer alles, Heike ist sehr tierliebend und weichherzig. Hilfsbereit sind beide. Die Geschwister besitzen zusammen eine kleine Segeljolle, da sie auf einer Insel wohnen.

Goldhamster Husch ist Heikes Liebling. Er sitzt meistens unter ihrem Pullover und ist immer dabei. Sein Fell ist besonders seidig. Ein großer Nüssehamsterer. Kommt auf Heikes Pfiff. Fürchtet Kater Bandit wie den Teufel, da er dessen Absichten kennt.

Inhalt

Endlich Ferien!

Wohl zum hundertsten Mal an diesem Morgen blicke ich ungeduldig auf meine Armbanduhr. Die letzte Schulstunde vor den Sommerferien will nicht zu Ende gehen. Eigentlich kann es sich nur noch um Sekunden handeln, bis es endlich läutet…

Da ertönt das langersehnte, schrille Rasseln.

„Toll! Endlich Ferien!"

Fünfundzwanzig Paar Füße trommeln ausgelassen auf den Fußboden. Übermütig stoße ich meine Freundin Heike Hansen an, die neben mir sitzt. Heike ist im Januar zwölf Jahre alt geworden. Wie ihr Bruder Heiko hat sie kurze, blonde Haare, die gleiche runde Gesichtsform und die gleiche Größe. Nur um die Taille ist sie ein wenig molliger als ihr Bruder, da sie für ihr Leben gern Kartoffelbrei ißt und Unmengen in sich hineinstopfen kann. Fremde halten Heike und Heiko oft für Zwillinge, was die beiden sehr lustig finden. In Wirklichkeit ist Heiko genau elf Monate jünger als seine Schwester. Dieser Altersunterschied ist für ihn ein ständiger Dorn im Auge, denn wenn

Heike ihn ärgern will, zieht sie ihn immer als ihren „kleinen“ Bruder auf.

Als ich Heike anstoße, zuckt sie verwirrt zusammen.

„Worüber hast du nachgedacht?“ erkundige ich mich neugierig.

Es muß etwas Wichtiges sein, wenn Heike sogar das Läuten der Schulglocke überhört.

„Ach, ich habe nur an meinen Hamster Husch gedacht“, sagt Heike bedrückt.

„Warum?“ frage ich erschrocken. „Ist er etwa krank?“

Heike hängt an ihrem kleinen Goldhamster so sehr wie ich an unserem schwarzen Kater Bandit, der nur ein Auge hat. Ich habe Bandit einmal halb ertrunken im Schilf am Fluß gefunden.

„Nein, Husch ist nicht krank“, antwortet Heike, „aber ich habe heute morgen vergessen, ihn in seinen Käfig zu setzen, bevor ich zur Schule mußte. Hoffentlich ist er nicht an den Gardinen raufgeklettert und hat die neue, hölzerne Gardinenstange angenagt. Dann wird meine Mutter ganz schön sauer sein.“

„Mach dir keine Sorgen“, wische ich Heikes Bedenken beiseite, „viel wichtiger als die Gardinenstange ist im Moment, daß es geklingelt hat und daß wir schon seit zwei Minuten Ferien haben.“

Ich bin vor Freude ganz aus dem Häuschen. Heike läßt sich von meiner Ausgelassenheit anstecken und lacht wieder.

„Ich wünsche euch allen schöne Ferien!“ ruft Frau Maak, unsere Englischlehrerin, die zugleich auch Klassenlehrerin ist. „Und vergeßt in den sechs Wochen nicht sämtliche Vokabeln!“

Ihre Stimme erstirbt in dem einsetzenden Lachen, Schreien und Stühlerücken.

Heike und ich schnappen unsere Taschen und schieben uns dem Ausgang zu. Bastian schafft es mit Mühe und Not, sich zwischen Kindern, Stühlen und Tischen zu uns durchzudrängen.

Mein Vetter Bastian ist wie Heike zwölf Jahre alt, aber einen ganzen Kopf größer als Heike und ich. Er hat kurze, borstige Stoppelhaare und die abstehendsten Ohren, die ich je bei einem Menschen gesehen habe. Mit denen kann er besser wackeln als unser Kater Bandit.

Bastian interessiert sich sehr für Flugzeuge. Zum ständigen Ärger seiner Mutter liegen Baupläne und halbfertige Flugzeugmodelle auf Bett, Tisch, Fensterbank und Fußboden verstreut in seinem Zimmer herum. Ich muß immer heimlich lachen, wenn Tante Almut wütend schimpft, daß sie nie wieder Bastians Zimmer saubermachen wird. Aber irgendwann rückt sie dann doch mit dem Staubsauger an, wobei regelmäßig irgendwelche kleinen Flugzeugbauteile im Staubsauger verschwinden. Anschließend hockt Bastian wutentbrannt im Garten und durchwühlt den schmutzigen Staubsaugerbeutel. Die Staubflocken tanzen wie Schneeflocken um ihn herum, und wenn er endlich seine vermißten Bauteile in all dem Schmutz entdeckt hat, ist aus ihm ein verstaubter, grauhaariger Junge geworden. Tante Almut hält sich dann in sicherer Entfernung von der Staubwolke auf und ruft verzweifelt: „Dieser Junge treibt mich noch zum Wahnsinn!"

„Diese Mutter mich auch!" schreit Bastian aufgebracht zurück.

Dann muß ich mich immer rasch verdrücken, weil ich

durch mein lautes Gelächter den Zorn der beiden auf mich gezogen hätte.

„Nichts wie raus!“ ruft Bastian jetzt fröhlich, als er Heike und mich erreicht hat.

Auf den Gängen herrscht Geschiebe und Geschubse. Als wir endlich aufatmend vor dem Schulgebäude stehen, kommt Heiko zu uns.

Wie könnte es auch anders sein: zwischen seinen Lippen bläht sich eine riesige Kaugummiblase auf.

„Na, Bruder“, meint Heike und klopft ihm wohlwollend auf den Rücken. „Mußt du die fünfte Klasse noch mal machen?“

„Ich habe noch mal Schwein gehabt!“ Heiko grinst über das ganze Gesicht.

Die Kaugummiblase zerplatzt beim Sprechen, und Heiko hat zu tun, die Fäden mit der Zunge durch seine Zahnlücke in den Mund zurückzuziehen.

„Da sind die Lehrer aber gnädig gewesen“, meint Bastian unverblümt.

„Du, paß lieber auf, daß dir deine vielen Einser eines Tages nicht zur Genickstarre verhelfen“, gibt Heiko kampflustig zurück.

„Wieso das denn?“ fragt Bastian stirnrunzelnd.

„Na, höher als jetzt kannst du den Kopf kaum noch tragen!“

Ich blicke Bastian schadenfroh an. Einen kleinen Dämpfer hat er wirklich mal verdient. Wenn das mit seinen Supernoten so weitergeht, hält er sich bald für den klügsten Menschen der Welt. Bastian ist sehr ehrgeizig und ein guter Schüler. Manchmal hat er allerdings Zeiten, wo er alles besser weiß, und dann geraten wir uns sofort in die Haare.

Heiko dagegen hält nicht viel von der Schule. Seiner Meinung nach genügt es im Leben für ihn, wenn er Traktor fahren und mit der Segeljolle umgehen kann.

Wir zwängen uns in den Schulbus und müssen natürlich wieder stehen. Die Sitzplätze sind bereits von den Kleinen, den Grundschülern, besetzt, die der Fahrer zuerst abgeholt hat.

Florian und meine Schwester Susanne winken uns freudestrahlend zu.

Florian, den wir Kinder aus Diekhusen alle Flo nennen, ist zehn Jahre alt. Zu seinem Kummer ist er zwei Zentimeter kleiner als meine Schwester Susanne, die erst acht ist. Dafür hat Flo die dicksten blonden Locken, die man sich vorstellen kann. Susanne, deren Haare dünn und strähnig sind, beneidet ihn glühend darum, denn ihrer Meinung nach stehen Locken den Mädchen zu und sind bei Jungen reine Verschwendung.

Bekommt Flo ein Buch in die Hand, in dem mutige, verwegene Helden die Hauptrolle spielen, so vergißt er alles um sich her und wird in seiner Phantasie selbst zum Supermann. Mit einem gutgemeinten Stoß müssen wir ihn erst wieder in die Wirklichkeit zurückholen.

Meine Schwester Su ist eigentlich auf den Namen Susanne getauft, aber wir nennen sie immer Su. Sie spielt am liebsten mit Puppen und Kuscheltieren. Hat sie gute Laune, singt sie ihnen selbstgedichtete Lieder vor. Ihre Puppen können sprechen; seltsamerweise tun sie das mit der gleichen Stimme wie Su selbst.

Rechts und links von Sus Kopf stehen zwei kurze, dünne Zöpfe ab, an denen sie mit Vorliebe herumkaut. Su ähnelt in der Beziehung unserem Kater Bandit. Der leckt sich auch mit Hingabe stundenlang das Fell und schluckt eine Menge Haare mit hinunter. Von Zeit zu Zeit frißt er wie eine Kuh Gras, um die Haarballen wieder aus seinem Magen hervorwürgen zu können. Das ist wichtig für seine Gesundheit. So etwas macht Su allerdings nicht.

Der Schulbus setzt sich in Bewegung und umrundet klappernd den Marktplatz. Dort herrscht großes Gedränge, denn heute ist Markttag, und die Bauern aus der Umgebung bieten ihre Waren an.

Endlich bleiben die Häuser von Glückstadt hinter uns zurück. Um uns her gibt es nur noch Wiesen und Gräben und einzelne Baumgruppen, hinter denen sich ein Bauernhof verbirgt.

Bis der Schulbus in Diekhusen ankommt, will ich noch schnell erzählen, wer ich bin.

Ich heiße Sabine Rehder. Im August werde ich endlich zwölf Jahre alt, worauf ich schon sehnsüchtig warte. Meine Mutter kann das nicht verstehen.

Sie sagt kopfschüttelnd: „Komisch, daß du immer so schnell älter werden willst, Sabine. Bei mir ist es genau umgekehrt, ich möchte wieder jünger werden."

Ich trage keine Zöpfe wie meine Schwester Su; meine Haare hängen bis auf die Schultern, und die Ponyfransen bedecken fast die ganze Stirn.

Wenn ich nichts anderes zu tun habe, male ich am liebsten. Vor sechs Wochen habe ich an einem Malwettbewerb teilgenommen, den die Stadtbücherei ausgeschrieben hat. Ich habe stundenlang auf dem Deich hinter unserem Haus gesessen, mit dem Zeichenblock auf den Knien, und habe versucht, den großen Fluß mit der Bananeninsel und den vielen bunten Segelbooten aufs Papier zu bringen.

Kater Bandit hat als stummer Bewunderer neben mir gehockt und mit Argusaugen alle meine Bewegungen verfolgt. Ab und zu ist Su aufgetaucht, um einen neugierigen Blick über meine Schulter zu werfen.

„Mmm", hat sie jedesmal enttäuscht gesagt, „du hast ja inzwischen erst drei Striche gemacht, Sabine. Wenn das so weitergeht, sitzt du Weihnachten noch auf dem Deich und malst."

„Zieh Leine!" habe ich ärgerlich geknurrt. „Ein Künstler braucht Ruhe, und du störst."

„Pah", hat Su geringschätzig gemacht, die kleine Nase überlegen in die Luft gestreckt. Dann ist sie davongehüpft, um nach spätestens fünf Minuten wieder aufzutauchen, bis ich wütend aufgesprungen bin und sie davongejagt habe. Mit beleidigter Miene ist Su abgezogen, um sich bei Mama über mich zu beschweren. Kleine Schwestern wie Su können manchmal lästiger als Stechmücken sein. Aber im Grunde mögen wir uns und hängen aneinander.

Jedenfalls hat sie sich nicht mehr blicken lassen, und nur diesem Umstand ist es zu verdanken, daß ich meine Zeichnung beenden konnte.

Danach habe ich leider nichts mehr von meinem Bild gesehen und gehört. Ich ärgere mich ein bißchen, daß ich es eingeschickt und nicht selbst behalten habe, denn es ist wirklich sehr schön geworden.

Der Kopfkissen-Code

Inzwischen hat sich der Bus geleert. Jetzt sitzen nur noch wir Kinder aus Diekhusen drin. Wir fahren neben dem Deich entlang. Auf der anderen Seite breiten sich endlose Wiesen aus, auf denen Kühe und Pferde grasen. Ein Fasanenweibchen fliegt schwerfällig auf und schafft es gerade noch, vor dem Bus über die Straße zu flattern.

Haus Nr. 9 kommt in Sicht. Es ist schon von weitem zu erkennen, weil es als einziges Haus von Diekhusen zwei Stockwerke hat. Das ganze obere Stockwerk ist zu einem Café ausgebaut worden, das meiner Tante Almut und meinem Onkel Henning, Bastians Eltern, gehört.

Am Wochenende herrscht dort immer Hochbetrieb. Dann erscheinen die Großstädter, um mit ihren Booten, die die Woche über im kleinen Hafen dümpeln, auf dem großen Fluß zu segeln. Die Leute, die kein Boot besitzen, gehen am Strand der Elbe oder auf dem Deich spazieren, um frische Luft zu tanken. Alle landen irgendwann im Café, um Eis oder Torte zu essen. Dabei können sie in aller Ruhe den breiten Strom mit den großen Schiffen betrachten.

Bastian erhebt sich zu seiner vollen Länge und schiebt sich im Gang nach vorn.

„Können wir bitte am Hafen aussteigen?“ fragt er den Busfahrer höflich.

„Die Haltestelle befindet sich vor Haus Nr. 5“, knurrt der Mann unwillig.

„Ach, bitte", bettelt Su mit einem hinreißenden Augenaufschlag, „seien Sie doch so nett und halten Sie am Café an!"

Meiner Schwester Su kann niemand etwas abschlagen, wenn sie „süßes, kleines Mädchen" spielt. Erst in der letzten Woche habe ich sie dabei überrascht, wie sie vor dem großen Spiegel im Flur unwiderstehliche Augenaufschläge geübt hat. Sie weiß genau, was sie tun muß, um ihren Willen durchzusetzen.

Tatsächlich verzieht der Fahrer den Mund zu einem leichten Lächeln.

„Also gut, weil heute Ferienanfang ist", stimmt er zu.

Er bremst vor Haus Nr. 9 und läßt uns sechs aussteigen.

„Eigentlich hätte ich ja weiterfahren müssen", wacht der kleine Flo plötzlich aus seinen Gedanken auf und blickt dem davonfahrenden Bus verblüfft nach. „So etwas Dummes, nun muß ich zu Fuß laufen."

„Geschieht dir recht. Wenn du nicht an jeder Ecke stehenbleibst, um zu träumen, schaffst du es vielleicht noch bis heute abend", stichelt Su.

Unser Dorf besteht nur aus neun Häusern, die sich in einer langen Reihe eng an den Deich schmiegen.

„Kommt mit zum Hafen!" schlägt Heike vor.

Wir schlendern auf die Lücke im Deich zu, durch die eine schmale, geteerte Straße zum Hafen führt. Bei Hochwasser wird diese Öffnung mit stets bereitliegenden Brettern verbarrikadiert.

Am Hafen ist keine Menschenseele zu sehen. Die Segelboote schaukeln verträumt an ihren Bojen. Der Wind heult in den Drähten, die Masten schwanken im Takt der Wellen. Am Freitag, wenn die Städter anstürmen, werden die Boote wieder zu Leben erwachen; ihre weißen oder bunten Segel werden weithin auf der Elbe leuchten.

Wie ein Hund an der Leine liegt an der Mole einsam und verlassen eine kleine, weiße Jolle. Nur der Dollbord und der Name *HAI* zu beiden Seiten des Bugs sind dunkelblau angemalt.

Die Jolle gehört Heike und Heiko. Wie andere Kinder das Fahrrad, so benutzen Heike und Heiko ein Boot, um nach Diekhusen zu fahren, denn sie wohnen auf einer Insel mitten im Strom.

Es ist Flut. Das Wasser schwappt bis dicht unter den Rand der Hafenmauer. Heike und Heiko können bequem von der Mole aus ins Boot steigen. Ich werfe ihre Schultaschen hinterher. Bastian löst das Tau vom Poller. Heiko macht sich am Schwertkasten zu schaffen, während seine Schwester zwei orangefarbene Schwimmwesten hervorkramt.

Ohne Schwimmwesten auf der Elbe zu segeln, ist purer Leichtsinn, denn die *HAI* könnte einmal kentern. Zwar können Heike und Heiko schwimmen, aber gegen die starken Strudel anzukämpfen, die sich um die Insel herum bilden, gelingt nicht einmal Erwachsenen.

„Wo habt ihr denn euren Außenbordmotor gelassen?“ erkundige ich mich erstaunt, als Heiko das Boot mit dem Ruder von der Mauer abstößt.

Heiko zieht eine Grimasse.

„Kaputt!“ ruft er. „Er ist in der Werkstatt. Wird wohl zwei oder drei Tage dauern, bis wir ihn wiederbekommen.“

Heike zieht das weiße Segel am Mast hoch. Knatternd entfaltet es sich im Wind.

„He, stopp!“ schreit Bastian. „Wir haben noch nicht abgesprochen, um wieviel Uhr wir uns heute treffen wollen!“

Die kleine *HAI* hat bereits Fahrt aufgenommen und entfernt sich rasch.

Heike legt die Hände als Sprachrohr an den Mund. „Um drei am Ausguck!“ hören wir den Ton ihrer Stimme herüberwehen.

Wir blicken dem Boot nach, bis es drüben am Bananensand anlegt. Als kleine, schwarze Punkte können wir Heike und Heiko noch auf dem Steg erkennen, dann sind sie zwischen den Bäumen verschwunden.

Wir drehen dem Fluß den Rücken zu, klettern den Deich hinauf und schwenken übermütig unsere Schultaschen über den Köpfen. Ferienanfang ist ein herrliches Gefühl. Sechs lange, faule Wochen liegen vor uns!

„Tschüs, bis nachher!“ Bastian verabschiedet sich lässig von uns und schlendert von der Deichkrone über einen Holzsteg ins Café hinüber. Beim nächsten Haus halten Su und ich an.

„Vergiß nicht, Flo, drei Uhr Treffpunkt am Ausguck!“ sage ich eindringlich.

Bei Flo weiß man nie so recht, ob er auch alles mitbekommt. Manchmal gehen die Worte bei einem Ohr hinein und beim anderen genauso schnell wieder hinaus, sagt seine Mutter oft.

„Ja, ja“, murmelt Flo geistesabwesend. Mit gesenktem Kopf stiefelt er allein über die Deichkrone weiter.

Su blickt ihm interessiert nach. „Ich möchte zu gern wissen, woran Flo jetzt denkt!“

„Vielleicht verwandelt er sich gerade in irgendeinen

Helden aus seinen Büchern", überlege ich lachend.

„Ist ja auch egal!" ruft Su.

Sie läßt ihre Schultasche den Deich hinabkollern und rollt selbst hinterher. Sofort mache ich es ihr nach. Wir landen gleichzeitig mit unseren Schultaschen vor dem Apfelbaum im Garten. Dort sitzt Bandit und putzt sich ausgiebig. Er hält einen Moment inne, blinzelt uns mit seinem gesunden Auge an und miaut freundlich. Dann leckt er eifrig weiter.

„Gib auf, Bandit!" rate ich ihm lachend zu. „So weiß wie deine Pfoten wird dein schwarzes Fell doch nie!"

Bandit schenkt mir keine Beachtung, und so stürme ich hinter Su über die Terrasse ins Haus. Zack, fliegt meine Tasche in die Ecke.

„Aber, Sabine", sagt meine Mutter, die ausgerechnet in diesem Moment den Kopf aus der Küchentüre steckt, vorwurfsvoll. „Die nächste Schultasche kannst du von deinem Taschengeld kaufen, wenn du so sorglos damit umgehst."

Ich mag mich an so einem herrlichen Tag nicht mit Mama anlegen, und so nehme ich schweigend meine Tasche und stürme, immer zwei Stufen auf einmal nehmend, die Treppe hinauf.

„Wie sind denn eure Zeugnisse ausgefallen?" will Mama wissen.

Komisch, daß Mütter so auf gute Noten ihrer Kinder erpicht sind.

„Zeugnis komm herbei. Wo habe ich 'ne Zwei? In Deutsch habe ich eine, in Mathe leider keine!" dichtet Su übermütig.

Mama muß lachen. „Und du, Sabine?"

„Ach“, rufe ich von der obersten Treppenstufe herunter. „Fast in allen Fächern eine Drei, aber in Kunst habe ich eine Eins!“

„Hm, ja.“ Mama beachtet zu meiner Enttäuschung meine schöne Eins nicht weiter.

„Eine Eins in Deutsch oder Mathe wäre auch gut“, sagt sie nur.

„Was gibt es heute zu essen?“ schnüffelt Su dazwischen.

„Pfannkuchen mit Apfelmus“, höre ich Mama noch antworten, bevor ich beleidigt meine Zimmertür zuschlage.

Hier oben unter dem Strohdach befinden sich nur zwei Zimmer. Sus Zimmer liegt auf der Ostseite. Von ihrem Fenster aus kann sie die Landstraße und die weiten Wiesen sehen, die sich bis zum Horizont erstrecken.

Auf der Westseite, mit Blick über den Deich auf den breiten Fluß, befindet sich mein Zimmer. Die schrägen Wände sind mit meinen schönsten selbstgemalten Bildern und mit Postern tapeziert. Das sieht auf den ersten Blick verwirrend bunt aus.

„So sparen wir wenigstens die Tapete“, hat mein Vater lachend dazu gesagt.

Papa ist Kapitän auf einem kleinen Zollkreuzer. Das heißt, so klein ist das Schiff auch wieder nicht. Immerhin hat es eine Breite von beinahe sechs Metern und eine Länge von zweiunddreißig Metern, das ist zehnmal so lang wie die kleine Jolle von Heike und Heiko.

Ich blicke rasch aus dem Fenster. Wenn ich Glück habe, gleitet der grüne Zollkreuzer gerade auf dem Fluß vorüber. Aber nur ein Frachter zieht langsam stromaufwärts nach Hamburg.

Ich streiche meine Ponyfransen aus der Stirn, was eigentlich eine nutzlose Geste ist, da sie sowieso gleich wieder zurückfallen, und spähe über den glitzernden Fluß zur Insel. Ein kleiner Teil des riesigen Daches vom Bauernhof ist zwischen dem Grün der Bäume sichtbar. Die Fensterscheibe von Heikes Zimmer sendet grelle Blitze herüber. Das sind die Sonnenstrahlen, die sich in der Scheibe spiegeln.

Ich überlege, ob ich den weißen Kopfkissenbezug vor meinem Fenster hin und her schwenken soll. Falls Heike in ihrem Zimmer ist und das Zeichen sieht, wird sie auf gleiche Weise antworten. Wir haben einen richtigen Geheimcode entwickelt.

Weißes Tuch bedeutet: Ich bin fertig mit den Schularbeiten.

Grünes Tuch bedeutet: Kommst du rüber nach Diekhusen?

Blaues Tuch bedeutet: Ich kann leider nicht.

Rotes Tuch bedeutet: Gefahr! Sofort anrufen!

Während ich noch unschlüssig überlege, ob das weiße Tuch überhaupt einen Sinn hat, da wir ja gar keine Schularbeiten mehr aufbekommen haben, höre ich Mamas Stimme von unten.

„Sabine! Das Mittagessen ist fertig!“

Die Bande der Acht

Ungestüm reiße ich Sus Zimmertür auf. Als erstes fällt mein Blick auf ein langes Bord, auf dem Kuscheltiere und Puppen einträchtig nebeneinander sitzen. Su lehnt mit ihrer Babypuppe Gerapita im geöffneten Fenster. Sie erfindet immer so komische Namen für ihre Puppen.

„Kommst du mit zum Ausguck, Su?"

„Klar!" erwidert meine Schwester.

„Oh, verflixt!" rufe ich und spähe über Sus Kopf die Straße entlang. „Daran habe ich gar nicht mehr gedacht! Da ist der Bücherbus. Er kommt erst nach den Sommerferien wieder, und ich muß unbedingt noch ein paar Bücher abgeben. Gehst du schon zum Ausguck und meldest den anderen, daß ich etwas später komme?"

Ich stürze wieder in mein Zimmer, suche in Windeseile die ausgeliehenen Bücher zusammen und renne hinter Su die Treppe hinunter.

Auf der untersten Terrassenstufe kauert Bandit unbeweglich wie ein Standbild und belauert ein paar Spatzen, die unbekümmert und sorglos unter dem Tisch und den Liegestühlen umherhüpfen und nach Krümeln suchen. Als Su trällernd in der Tür auftaucht, fliegen die Spatzen schimpfend davon. Bandit sieht dem entschwindenden Braten enttäuscht nach. Mißmutig erhebt er sich und trottet hinter Su her, die gemächlich den Deich hinaufsteigt.

Ich laufe über die Auffahrt zur Straße. Als ich den

langen gelben Bücherbus erreiche, steigen gerade einige Dorfbewohner aus, die sich mit Lektüre versorgt haben. Seitdem die Stadtbücherei den fahrbaren Bücherdienst eingerichtet hat, bekommen auch die Bewohner der entlegensten Gemeinden die Gelegenheit, sich kostenlos mit Lesestoff versorgen zu können.

Im Bus treffe ich nur noch den kleinen Flo an. Ganz versunken hockt er neben einem riesigen Bücherstapel, der ihn an Größe beinahe noch überragt.

„Hallo, Flo!" sage ich und stupse ihn mit dem Zeigefinger in den Rücken. „Wir wollen uns um drei Uhr am Ausguck treffen. Hast du das vergessen?"

Flo schüttelt verwirrt seine Locken. „Ist es denn schon drei? Du bist ja selber noch hier!"

„Ich gehe jetzt. Laß schnell deine Bücher eintragen."

Seufzend erhebt sich Flo und betrachtet sehnsüchtig die langen Regale mit den bunten Buchrücken. Es fällt ihm sichtlich schwer, sich von ihnen zu trennen.

Als ich meine ausgeliehenen Bücher abgegeben habe, entdecke ich zu meiner Überraschung meine Zeichnung, die ich vor einigen Wochen zum Malwettbewerb eingeschickt habe, neben der Tür des Busses. „Da hängt ja mein Bild!" rufe ich verblüfft.

Der junge Mann, der gerade Flos Bücher einträgt, blickt auf.

„Bist du Sabine Rehder?" fragt er.

„Ja."

„Deine Zeichnung hat den ersten Preis beim Malwettbewerb der Stadtbücherei bekommen."

„Das gibt es doch nicht!" sage ich verdutzt. Irgendwie kommt die Überraschung zu plötzlich. Ich kann es kaum glauben.

„Es steht heute sogar in der Tageszeitung. Hast du es nicht gelesen?“

„Nein. Warum haben Sie mich denn nicht benachrichtigt?“

„Das kommt schon noch!“ beruhigt mich der Bibliothekar.

Eigentlich lese ich nie die Tageszeitung. Aber Mama kocht sich mit Vorliebe nach dem Mittagessen eine Tasse Kaffee und liest dabei die Zeitung. Warum hat sie mir nichts gesagt? Da fällt mir ein, daß sie die Zeitung heute wahrscheinlich noch gar nicht bekommen hat, weil Bastian noch keine Zeit oder Lust gehabt hat, sie auszutragen.

Manchmal, wenn die Leute ihre Zeitung erst abends erhalten, wird es den Diekhusenern zu bunt. „Hoffentlich kommst du morgen früher“, schimpfen sie dann mit Bastian. „Schließlich haben wir eine Tages- und keine Abendzeitung abonniert!“

Flo schiebt sich neben mich und erkundigt sich neugierig: „Was ist denn der erste Preis?“

„Ein Hauszelt für drei Personen!“ sagt der junge Mann.

„Ein Zelt!“ Ich bin überwältigt. „Ein richtiges Zelt?“

„Ja, natürlich. Bei dem herrlichen Wetter kannst du es bald ausprobieren.“

„Ein Zelt?“ Flo macht ein enttäuschtes Gesicht. „Ich habe gedacht, der erste Preis ist eine Tasche voller Bücher oder vielleicht ein Karton voller Bücher oder...“

„Hör auf!“ lache ich. „Wenn du so weitermachst, wird es noch ein Eisenbahnwaggon voller Bücher. Ich finde es große Klasse, daß ich ein Zelt gewonnen habe! Super!“

Der junge Mann kramt ein längliches Paket unter dem

Sitz hervor. „Ich gebe dir deinen Preis am besten gleich. In diesem Sack ist alles verstaut. Eine Anleitung zum Aufbau liegt auch dabei. Kannst du ihn allein tragen, Sabine?"

„Ich helfe dir", bietet sich Flo bereitwillig an.

„Der Sack ist leichter als dein Bücherkorb", sage ich schnell.

Flo ist nämlich dabei, seinen Lesevorrat für die Ferien in einem riesigen Einkaufskorb zu verstauen.

„So, ich muß weiter zum nächsten Dorf", sagt der Bibliothekar. „Sabine, eine Unterschrift benötige ich noch von dir. Damit bestätigst du mir, daß du das Zelt bekommen hast. Noch mal vielen Dank für deine Teilnahme. Und viel Spaß beim Zelten!"

Er reicht mir den Packsack hinaus, und ich bedanke mich strahlend. Der lange, gelbe Bücherbus setzt sich in Bewegung; er fährt an den Häusern mit den Hausnummern vier, drei, zwei, eins entlang und verschwindet endlich hinter den Wiesen.

„Ich bringe rasch meinen Korb nach Hause und komme dann zum Ausguck", sagt Flo hastig und will davoneilen.

Ich blicke ihm mißtrauisch nach, denn ich bin sicher, daß Flo, wenn er zu Hause seinen Korb auspackt, bestimmt über den vielen Büchern vergißt, daß wir uns am Ausguck treffen wollen.

„Halt, warte!" rufe ich deshalb. „Ich komme mit dir!"

„Und dein Zelt?"

„Das lasse ich solange hinter dem Schutzhäuschen der Bushaltestelle liegen."

„Und wenn es geklaut wird?" wendet Flo ein.

„Wer sollte schon in Diekhusen etwas stehlen?"

Flo gelingt es nicht, mich abzuwimmeln. Seufzend

ergibt er sich darein, daß ich ihn begleite.

Kaum haben wir die Tür von Haus Nr. 1 geöffnet, ertönt lautes Kindergeschrei. Irgendwo, für uns unsichtbar, schreit eine von Flos kleinen Zwillingsschwestern aus Leibeskräften, während die andere munter in der Küche umherkrabbelt. Ausgerechnet an der Tischdecke will sie sich hochziehen. Bevor ich hinzuspringen kann, poltern Kaffeetasse und Sahnekännchen herab und zerbrechen am Boden. Zum Glück ist die Kleine nicht verletzt, trotzdem schreit sie wie am Spieß, weil ihr die Sahne über das Gesicht läuft.

„O Gott, was ist nun schon wieder los?"

Flos Mutter stürzt mit dem anderen heulenden Zwilling unter dem Arm herbei und stößt in der Küchentüre mit Flo zusammen.

„Du mußt aber auch immer im Weg stehen!" ruft sie ungehalten. „Was ist um Himmels willen passiert?"

„Halb so schlimm", beruhige ich Flos Mutter. „Die Kleine hat nichts abgekriegt!"

Ich sammele rasch die Scherben auf und werfe sie in den Mülleimer, während Flos Mutter der Kleinen das Gesicht abwischt.

Flo steht mit hängenden Armen in der Küche herum und kommt sich ziemlich überflüssig vor.

„Laß uns gehen", dränge ich. „Wir sind schon spät dran!"

„Ja, geh ruhig mit Sabine spielen, Florian", ermuntert ihn seine Mutter. Sie hat mit den quicklebendigen Zwillingen alle Hände voll zu tun und ist froh, wenn Flo nicht auch noch in der Küche herumsteht.

Aufatmend werfe ich die Haustür hinter uns zu.

„Ist bei euch immer soviel Stimmung?" frage ich Flo.

„Ja.“ Flo nickt trübsinnig. „Früher war Mami nicht so schnell böse und nervös.“

„Das gibt sich, wenn die Zwillinge etwas älter und vernünftiger werden“, tröste ich. „Dann hat deine Mutter nicht mehr soviel Arbeit und wieder mehr Zeit für dich.“

„Hoffentlich“, sagt Flo leise.

Ich blicke ihn von der Seite an. Er tut mir leid, wie er mit hängendem Kopf neben mir hertrottet.

„Mach dir nichts draus, Flo“, sage ich aufmunternd. „Schließlich hast du gute Freunde, und wir passen schon auf dich auf... Da liegt ja mein Zelt heil und unversehrt hinter dem Wartehäuschen!“

Flo faßt das eine und ich das andere Ende des Sackes. So ziehen wir vergnügt bis zu Haus Nr. 8. Ich läute Sturm. Mama öffnet außer Atem.

„Was ist passiert, Sabine? Du klingelst, als ob ein ausgewachsener Tiger hinter euch her sei!“

„Mama, halt dich fest!“ verkünde ich die große Neuigkeit. „Ich habe ein Zelt gewonnen! Hier ist es.“

„Ein Zelt? Wieso?“

„Sabine hat ein Zelt als ersten Preis beim Malwettbewerb bekommen!“ posaunt Flo mit wichtiger Miene aus. „Ein Plakat mit ihrer Zeichnung hängt sogar im Bücherbus!“

„Tatsächlich?“ Mama staunt. „Das ist ja wirklich eine Überraschung! Ich gratuliere dir, Sabine. Das hast du wirklich prima gemacht!“

„Danke“, antworte ich stolz. „Aber jetzt müssen wir uns beeilen! Die anderen warten schon. Tschüs, Mama!“

Ich ziehe Flo am Arm hinter mir her, und bevor meine Mutter noch etwas erwidern kann, sind wir schon auf und davon.

Wir klettern den Deich hinauf und springen auf der anderen Seite wieder hinunter. Am Hafen vorbei laufen wir über den Strand und biegen in den schmalen Pfad ein, der mitten durch das Schilf zu unserem Ausguck führt. Die hohen Halme biegen sich über unseren Köpfen und schlagen im Wind rauschend gegeneinander. Der Sand ist noch naß von der letzten Flut. Plötzlich hört das Schilfdickicht wie abgeschnitten auf. Vor uns erstreckt sich ein schmaler, weißer Sandstrand, an den sich alte, runzelige Weiden anschließen. Aus der dicksten Weide baumelt einladend eine Strickleiter. Rasch packe ich sie und steige hinauf.

Bandit im Ausguck

„Na endlich!" Ich werde von Bastian, Heike, Heiko und Su empfangen, die wartend im Baum sitzen.

Den Ausguck haben die Jungen gebaut, als sie den Geheimclub *Holzaugen* gründeten und mit uns Mädchen nichts mehr zu tun haben wollten. Das hat sich später wieder geändert, nachdem wir Mädchen den Club der *Neunaugen* gründeten. Von einem Ast zum anderen haben die Jungen stabile Bretter nebeneinandergenagelt, so daß eine feste Plattform entstanden ist. Als Sitzbank dient ein schmaleres Brett, welches etwas höher an dicken Zweigen befestigt ist. Sogar ein Regal ist vorhanden. Auf dem liegen ein Hammer und eine Menge Nägel, ein Knäuel Bindfaden, ein Notizblock mit Kugelschreiber in einem leeren Gurkenglas, einige Dosen Limo und eine Tüte Kaugummikugeln.

„Sind nun endlich alle da?“ fragt Bastian ungeduldig

Da der Ausguck ursprünglich nur für die drei Jungen vorgesehen war, ist es jetzt für uns sechs recht eng geworden, und obwohl Heiko noch ein zweites Brett als Sitzgelegenheit angebracht hat, müssen wir uns ziemlich zusammenquetschen, um alle Platz zu finden.

Ich zwänge mich zwischen Heiko und Heike. Na, da hatte ich mich beinahe in einen Kaugummi gesetzt. Ärgerlich schnipse ich ihn zu Heiko hinüber, der die schlechte Angewohnheit hat, seine ausgekauten Kaugummis überall hinzukleben.

Flos blonder Lockenkopf taucht zwischen den Zweigen auf. Su rückt ein wenig, und er quetscht sich neben sie.

„Sind nun endlich alle da?“ fragt Bastian ungeduldig.

„Nein“, sage ich, nachdem ich einen Blick in die Runde geworfen habe. „Der Goldhamster fehlt!“

„Husch ist anwesend“, antwortet Heike.

Sie zupft ein wenig an ihrem gelben T-Shirt. Unter dem Hemd entsteht eine kleine Ausbuchtung, die wie von Geisterhand geschoben nach oben zum Ausschnitt wandert. Und dann zwängt sich der goldbraune Kopf des Goldhamsters duch den Halsausschnitt. Pfiffig blicken seine kleinen, schwarzen Äuglein in die Runde.

Flos Hände wandern automatisch in seine Hosentaschen und befördern neben zwei Gummibändern und drei bunten Glasmurmeln auch ein paar Sonnenblumenkerne ans Licht. Immer findet sich etwas Leckeres für Husch in seinen Taschen. Er liebt den kleinen Hamster über alles und hätte zu gern auch einen. Aber seine Mutter will sich nicht darauf einlassen, solange die Zwillinge noch so klein sind.

Flink turnt Husch an Heikes Arm herab und langt

mit seinen winzigen Pfötchen eifrig nach den Sonnenblumenkernen auf Flos ausgestreckter Hand. Schnell stopft er die Kerne in seine Backentaschen, die immer mehr anschwellen.

„Hat sich Husch heute morgen anständig benommen, als du in der Schule warst?" frage ich Heike. „Oder hat er die Gardinenstange angenagt?"

„Zum Glück nicht!" lacht Heike. „Er hat die Schreibtischbeine angeknabbert. Aber das fällt nicht auf, da sind schon genug Bißstellen von ihm."

„Achtung!" ruft Su laut. „Bandit ist in der Nähe!"

„Wo?" fragen Heike und Flo erschrocken.

„Miau", antwortet Bandit über uns.

Unsere Köpfe schnellen in die Höhe. Das darf doch nicht wahr sein! Bandit hat es sich auf einem breiten Ast über Heikes Kopf bequem gemacht und starrt mit gespannter Aufmerksamkeit auf den Hamster. Sein Schwanz zuckt aufgeregt hin und her, und sein Körper zieht sich zusammen, bereit, jeden Augenblick loszuspringen und die Beute mit seinen scharfen Krallen zu packen.

Bevor Heike reagieren kann, hat Husch den Kater erspäht; er flitzt an Heikes Arm hinauf und taucht kopfüber unter ihr schützendes T-Shirt. Bandit leckt sich enttäuscht die Barthaare. Wieder einmal ist ihm die Beute entwischt. Ärgerlich peitscht sein Schwanz den Ast.

„Bandit", schimpfe ich mit ihm. „Du kannst so viel Mäuse fangen, wie du willst, aber den Hamster mußt du in Ruhe lassen!"

Bandit blickt betont gelangweilt in die andere Richtung und tut so, als ob er mich nicht verstanden hätte.

„Katzen sind eben so", sagt Heiko achselzuckend. „Sie

STAND: APRIL 91

Schöne Bücher rund ums Pferd

F 2112

Bücher – wie Pferdefreunde sie lieben: Geschichten von Pferden und Ponys, von abenteuerlichen Ritten, spannenden Erlebnissen und von der Freundschaft zwischen Pferd und Mensch. Dazu Bücher mit vielen Tips, Infos und Wissenswertem von A–Z.

SCHNEIDER BUCH

Diesen Prospekt könnt ihr aus dem Buch herausnehmen, ohne daß das Buch beschädigt wird.

EINZELTITEL

Günter Huth
Ein Mädchen, ein Pferd un
ein Dingo
In Australien findet Sandra ein neu Zuhause und neue Freunde.
Best.-Nr. 4345, 10,80/ÖS 85,-

Anne Knowles
Ich helf' dir in den Sattel
Zwischen Cathy und dem Pony Moirag beginnt eine ganz besondere Freundschaft.
Best.-Nr. 4287, 10,80/ÖS 85,-

Danica Langenstein
Ein Rennpferd in Gefahr
Bei einem Galopprennen wird de Hengst Feuervogel verletzt. Eine R dramatischer Ereignisse beginnt...
Best.-Nr. 4240, 10,80/ÖS 85,-

Manfred Böckl
Said und der Hengst aus der Wüste
Der junge Beduine Said träumt davon, mit seinem Berberhengst Samun durch die Wüste zu reiten, frei und ungebunden.
Best.-Nr. 4286, 9,80/ÖS 79,–

Katrin Dillenburger
Wir reiten, Midi!
Ein fesselnder Erlebnisbericht mit viel Pferdeverstand und Tierliebe.
Best.-Nr. 9944, 9,80/ÖS 79,–

Katrin Dillenburger
Ausgerechnet Islandpferde!
Ein Traumbuch für alle, die Islandponys lieben.
Best.-Nr. 4347, 9,80/ÖS 79,–

Tina Caspari
Das rote Fohlen
Die versunkene Welt eines großen ostpreußischen Gestüts wird in dieser Pferdegeschichte wieder lebendig. Best.-Nr. 9615, 9,80/ÖS 79,-

Eva Berggren
Sara und die Sternfuchsstute
Mit viel Sensibilität und Geduld gewinnt ein junges Mädchen das Vertrauen eines scheuen Pferdes.
Best.-Nr. 4068, 9,80/ÖS 79,–

Eva Boëthius
Mein Pony heißt Freitag
Von den Erlebnissen eines Schwedenmädchens mit einem übermütigen Gotlandpon
Best.-Nr. 4086, 9,80/ÖS 79,–

Tulla Hagström
Das Jahr mit meinem Pony
Mit einem Pony durch dick und dünn. Die Geschichte einer großen Freundschaft. Best.-Nr. 4092, 9,80/ÖS 79,-

elyn Permoser
hazalia, Tochter des Windes
ach harten Erfahrungen findet die
aberstute Ghazalia einen Menschen,
r sie liebt und versteht.
st.-Nr. 4352, 9,80/ÖS 79,–

rjan Persson
erdeferien oder
e Reise nach Kopenhagen
a hofft auf richtig schöne Ferien.
ch es kommt alles anders als er-
rtet. Aufregende Ereignisse über-
rzen sich.
st.-Nr. 4093, 9,80/ÖS 79,–

nilla Wolde
tte ist mein Wunschpferd
s Mädchen Kia ist fasziniert von dem
rd Putte. Sie sehnt sich danach, es ver-
gen und reiten zu dürfen.
st.-Nr. 4195, 10,80/ÖS 85,–

Lynn Hall
Das weiße Pony
Eine ergreifende Geschichte von der Freundschaft zwischen einem jungen Mädchen, einem Pony und dessen Besitzerin. Best.-Nr. 9939, 7,95/ÖS 65,–

Lynn Hall
Berry, meine Rotschimmelstute
Berry ist ein ganz besonderes Pferd. Das erfährt das Mädchen Megan bald. Best.-Nr. 9941, 7,95/ÖS 65,–

Lynn Hall
Schimmelstute Jessie soll leben
Durch die Liebe zu seinem Pferd gewinnt der Junge Danny Selbstvertrauen und Mut. Best.-Nr. 9946, 9,80/ÖS 79,–

nica Dickens
eine Pferde –
eine Freude
schichten vom richtigen und liebe-
len Umgang mit Pferden.
st.-Nr. 9731, 9,80/ÖS 79,–

ce Stranger
s Pony in den Dünen
ei Tiere retten das Leben eines
gen. Best.-Nr. 9867, 7,95/ÖS 65,–

l Buddee
fregung im Ponyclub
e dramatische Rettungsaktion in den austra-
hen Bergen vereint die Mitglieder des
nyclubs. Best.-Nr. 4294, 8,95/ÖS 69,–

nica Langenstein
anja, ein russischer Hengst
dieser spannenden Geschichte wird ein
matisches Pferdeschicksal deutlich.
st.-Nr. 9617, 9,80/ÖS 79,–

Karin Lorentzen
Windsbraut, mein weißes Pferd
Mit der Schimmelstute Windsbraut beginnt für das Mädchen Silje ein neuer Lebensabschnitt. Best.-Nr. 4075, 8,95/ÖS 69,–

(Ohne Abbildung)

Ron Stanford
Dinah wird Reitlehrerin
Best.-Nr. 4183, 9,80/ÖS 79,–

Carey
Evelyn und die beiden Ponys
Best.-Nr. 4252, 9,80/ÖS 79,–

Ann Sheldon
Lisa und die Ranch der Pferde
Lisa lebt auf einer Pferdefarm in Südkalifornien. Auf der Rancho del Sol ihrer Großeltern verbringt sie eine schöne und aufregende Zeit mit ihren Freunden und den Pferden.
Bisher erschienen: •Das goldene Geheimnis, Bd. Best.-Nr. 4382, •Der silberne Pokal, Bd. 2, Best Nr. 4383. Je 9,80/ÖS 79,–
Die Serie wird fortgesetzt.

Hans G. Franciskowsky
Wendy
Wendy liebt die Pferde des elterlichen Reiterhofs. Zusammen erleben sie die schönsten Abenteuer.
• Das Paradies der Reiter, Bd. 1,
Best.-Nr. 4443 • Ein Fohlen für Rodna, Bd.
Best.-Nr. 4444. Je 9,80/ÖS 79,–.
Die Serie wird fortgesetzt.

Tina Caspari
Ein Schloß für unsere Pferde, Bd. 6
Wanderritt am langen Zügel
Ein langersehnter, mehrtägiger Wanderritt wird für alle Teilnehmer zu einem unvergeßlichen Erlebnis.
Best.-Nr. 4072, 8,95/ÖS 69,–.
Diese Serie umfaßt 6 Bände, sie wird fortgesetzt.

Thea Oljelund
Polly sucht das verschwundene Pferd, Bd. 6
Dunkle Geschäfte am Rande einer schwedischen Trabrennbahn werden aufgeklärt.
Best.-Nr. 9866, 7,95/ÖS 65,–
Diese Serie umfaßt 6 Bände.

Monica Alm
Kiki mit dem Ponyclub auf der Gespensterparty, Bd. 5
Ferien auf dem Schloß. Natürlich dürfen da Gespenster nicht fehlen
Best.-Nr. 7707, 8,95/ÖS 69,–
Diese Serie umfaßt 5 Bände.

Tina Caspari
Bille und Zottel, Bd. 16
Pusztaferien und Ponybriefe
Das erste Mal sind Bille und Zottel voneinander getrennt. Doch auch dann bleiben sie die besten Freunde.
Best.-Nr. 4214, 8,95/ÖS 69,–
Diese Serie umfaßt 16 Bände.

rsula Isbel
eiterhof Dreililien, Bd. 9
nter dem Frühlingsmond
er Frühling ist da. Endlich grasen Dreililiens
uten mit ihren Fohlen auf den grünen Weiden.
Vie jeder Frühling bringt
doch auch dieser
ürmische Tage...
est.-Nr. 9864,
,80/ÖS 79,–. Diese
erie umfaßt 9 Bände.

ndrea Pabel
as Wildpferd aus den roten Bergen,
efahr auf der Weide, Bd. 8
ohlen sind von der Weide verschwunden.
ne dramatische Suche beginnt...
est.-Nr. 4359, 8,95/ÖS 69,–
ese Serie umfaßt 8 Bände, sie wird fortgesetzt.

hristine Pullein-Thompson
ferdehof Zum Schwarzen Pony, Bd. 5
er große Sturm
n heftiger Sturm verursacht dramatische
eignisse auf dem Pferdehof.
est.-Nr. 9910, 8,95/ÖS 69,–
ese Serie umfaßt 5 Bände, sie wird fortgesetzt.

erstin Backman
ofie und ihr Fuchs Jocke, Bd. 6
ofie will an einem Springturnier
lnehmen. Aber eines weiß sie:
ie würde sie ihr Pferd überfordern.
est.-Nr. 4403, 8,95/ÖS 69,–.
ese Serie umfaßt 6 Bände,
e wird fortgesetzt.

lla Hagström
etra und der Fohlenfrühling, Bd. 6
e Fohlen toben übermütig auf der Weide.
etra und ihren Freunden wird bald klar, daß
n aufregender Sommer vor ihnen liegt.
est.-Nr. 9732, 8,95/ÖS 69,–
ese Serie umfaßt 6 Bände, sie wird fortgesetzt.

Ursula Isbel
Pferdeheimat
im Hochland
Der schottische Pferdehof "The Laurels" ist eine Zuflucht für alte und kranke Pferde. Das Mädchen Laurie hilft bei der Arbeit mit den Tieren auf dem Gutshof. Diese Serie umfaßt 3 Bände: •Schottischer Sommer, Bd. 1, Best.-Nr. 4215 •Danny Boy, Bd. 2, Best.-Nr. 4216 •Fionas Fohlen, Bd. 3, Best.-Nr. 4296. Je 9,80/ ÖS 79,–.

Lisbeth Pahnke
Britta muß sich
entscheiden, Bd. 11
Britta ist vernarrt in Pferde. Aber sie beschäftigt sich mit viel Sachverstand und Geduld mit ihnen.
Best.-Nr. 8215, 8,95/ÖS 69,–
Diese Serie umfaßt 11 Bände.

ROMANE

Monica Dickens
Die Botschaft des grauen Pferdes
Auf fantastische Weise gerät Rose in den Bann des geheimnisvollen grauen Pferdes. Ein großes Abenteuer beginnt. Best.-Nr. 4302, 16,80/ÖS 129,–

Klaus H. Sütterlin
Hoka, der Hengst aus der Südsee
Eine spannende Geschichte um die legendären Wildpferde der polynesischen Marquesas-Inseln. Best.-Nr. 4186, 16,80/ÖS 129,–

Jennifer Melrose
Ein Stall voller Pferde
Nach einem schweren Unfall muß die Besitzerin einer Reitschule alle ihre Pferde verkaufen. Schmerzlich ist diese Trennung und groß die Sorge, daß die Tiere in die richtigen Hände kommen… Best.-Nr. 9945, 16,80/ÖS 129,–

Nan Inger Östman
Siegesschleifen
Eine Kindheit mit Ponys. Den beiden Schwestern Jeanette und Madeleine bedeuten Pferde alles. Der falsche Ehrgeiz des Vaters ist eine Belastung für die ganze Familie…
Best.-Nr. 4304, 16,80/ÖS 129,–

Joyce Stranger
Das Glückszeichen
Als die Sturmflut ein Dorf in Wales bedroht, kann nur der Hen Mahruss, Träger des legendären Glückszeichens, den gefahrvollen Weg durch die Berge finden und somit die Bewohner des Dorfes retten. Best.-Nr. 9878, 14,80/ÖS 119,–

Marion Coakes
Das Pferd, das nur für Susan sprang
Mit viel Liebe und Geduld gelingt es Susan, den schönen Palomino Sea-Blond zu einem begabten Springpferd zu trainieren. Best.-Nr. 9943, 16,80/ÖS 129,–

Rosemarie von Schach
Der Sommer der silbernen Stute
Die ergreifende Geschichte der silberweißen Stute Jilka, die einst in der legendären Dülmener Wildpferdherde gelebt hat. Best.-Nr. 4073, 16,80/ÖS 129,–

Sieglinde Dick
Ich liebe alle Pferde
Das Wohlergehen und die richtige Versorgung der Pferde sind wichtiger als alle Turniersiege. Dies lernt die ehrgeizige Gerlinde.
Best.-Nr. 9865, 16,80/ ÖS 129,–

Jeanne Schlageter
Goldina, unser Lieblingspferd
Eine Pferdegeschichte vor dem Hintergrund eines spannenden Kriminalfalles.
Best.-Nr. 4184, 16,80/ÖS 129,–

Manfred Böckl
Der rote Hengst von Kinsale
Der junge Ire Flann O' Tara kämpft mit seinem edlen Hengst für Irlands Freiheit.
Best.-Nr. 4181, 16,80/ÖS 129,–

SONDERAUSGABEN

Ursula Isbel
Reiterhof Dreililien, SaBa
Dieser Sammelband enthält die ungekürzten Bände: • Das Glück dieser Erde • Die Tage der Rosen • Der Frühling des Lebens
Best.-Nr. 4079, 19,80/ÖS 149,–

Tulla Hagström
Petra, SaBa 1
Die schönsten Geschichten von Petra und ihrem geliebten Pferd.
Best.-Nr. 9930, 19,80/ÖS 149,–

Monica Alm
Kiki, SaBa 1
Alle Abenteuer Kikis und ihrer Pferdefreunde als Sammelband.
Best.-Nr. 9925, 19,80/ÖS 149,–

Tina Caspari
Bille und Zottel, SaBa 5
In drei ungekürzten Einzelbänden werden neue, aufregende Geschichten von Pferdefreunden, Reitspaß und lustigen Abenteuern erzählt.
Best.-Nr. 4295, 19,80/ÖS 149,–

Thea Oljelund
Polly, ein schwedisches Pferdemädchen
Viel Spaß und Spannung bieten die drei ungekürzten Pferdegeschichten in diesem Buch.
Best.-Nr. 4280, 10,–/ÖS 79 –

Kerstin Backman
Sofie, SaBa 1
Geschichten um Sofie und die Stute Sabrina, Sofies Sorge um ein Pferd und viele aufregende Erlebnisse. Best.-Nr. 9926, 19,80/ÖS 149,–

ın Hall/Logan Forster
ınza und Sturmwolke
e ergreifenden Schicksale zweier gen und zweier Pferde. Die beiden ıgen tun alles für die ihnen anver- uten Pferde. Best.-Nr. 4450, ,–/ÖS 95,–

Lisbeth Pahnke
Britta und ihre Pferde
Der Super-Hit für alle Britta-Fans. Geschichten, die Pferdefreunde begeistern. Best.-Nr. 4264, 19,80/ÖS 149,–

ıra Salgado
ıs Mitternachtspony
ıe fesselnde und sensible Geschichte von Tierliebe d Verantwortung für ein Pony.
st.-Nr. 4381, 10,–/ÖS 79,–

ıra Salgado
ıs Sonnenpferd
e Geschichte von Pferdeliebe und Hilfsbereitschaft – er auch die Schilderung eines spannenden Kriminal- es. Best.-Nr. 4337, 12,–/ÖS 95,–

ıne Abbildung) Tina Caspari
le und Zottel
samtausgabe in wertvoller Halblederausstattung.
Bände ungekürzt in einem Sammelband.
st.-Nr. 4175, 29,80/ÖS 239,–

Unsere Welt erkennen
Der Reiterhof
Ein Buch zum Betrachten, Benennen, Fragen, Entdecken...
Die vielfältigen Tätigkeiten auf einem Reiterhof sind hier lebendig dargestellt: als Sachbilderbuch, als Poster und als Spiel.
Best.-Nr. 9835, 9,80/ÖS 79,–

Ursula Bruns/Marlit Hoffmann
Pferde – meine große Liebe
Der praktische Ratgeber für pferdebegeisterte Mädchen und ihre Eltern beantwortet viele Fragen zum Thema Pferde und Reiten.
Best.-Nr. 9902, 9,80/ÖS 79,–

Edel Marzinek-Späth
Pferde A – Z
In einem Lexikon mit über 850 Stichworten, über 150 Zeichnungen und mehr als 190 Fotos erklärt die Autorin, die sich seit ihrer Kindheit mit Pferden beschäftigt, viele Dinge, die Reiter wissen sollten. Das Wichtigste über Rassen, Aufzucht, Haltung, Pflege und viel Wissenswertes und Interessantes.
Best.-Nr. 9750, 24,80/ÖS 199,–

Sybille Schneider
Pferdekalender 1992
Unschlagbar und den anderen stets um Pferdelängen voraus: der neue Pferdekalender: Pferdefreunde lieben ihn.
Best.-Nr. 4373, 9,80/ÖS 79,–

wollen alles fangen, was kleiner ist als sie selbst und sich bewegt. Auch Bandit ist so!“

Bastian trommelt ungeduldig mit dem Kugelschreiber gegen das Gurkenglas.

„Können wir nun endlich zur Sache kommen?“ ruft er und wackelt mit den Ohren.

Wir lachen. Es sieht zu komisch aus, wenn Bastian mit den Ohren wackelt! Auf seiner Stirn wandern eine Menge Falten von einer Seite zur anderen.

Su kichert. „Du siehst wie der Clown aus, den ich mal im Zirkus gesehen habe. Dir fehlt nur noch eine dicke Kartoffelnase!“

„Vielen Dank!“ Bastian ärgert sich, er stellt das Wackeln zu unserem Bedauern ein.

„Was ist eigentlich los?“ frage ich endlich.

„Wir müssen einen neuen Namen für unseren Club finden. Es geht nicht, daß die Mädchen sich weiterhin *Neunaugen* und die Jungen sich *Holzaugen* nennen.“

„Warum nicht?“ fragt Su schnell. „Ich habe mich gerade an den Namen gewöhnt. Und außerdem hat Sabine so schöne Abzeichen gebastelt.“

Sie deutet stolz auf das Dreieck mit den neun aufgemalten Augen, welches sie mit einer Sicherheitsnadel an ihrem Sweatshirt befestigt hat.

„Jetzt haben wir uns zu einer Bande zusammengeschlossen. Deshalb müssen wir auch einen gemeinsamen Namen haben. Denkt also gefälligst nach“, befiehlt Bastian barsch.

Ich spüre, wie ich langsam wütend werde. „Du willst dich doch hier nicht zum Boß aufspielen, Bastian?“ frage ich mühsam beherrscht.

„Nein, wieso denn, Cousine?“ erwidert er.

„Weil du deinen Befehlston angenommen hast. Ich wollte dich nur daran erinnern, daß wir alle gleichberechtigt sind."

Bastian begnügt sich damit, mir einen giftigen Blick zuzuwerfen. Er spielt sich nämlich gern als Anführer auf, und ich finde, man kann ihm das nicht früh genug klarmachen.

Wir versinken in Schweigen und grübeln so lange nach, bis die Stille langsam unheimlich wird.

Su wickelt unablässig ein Zopfende um ihren kleinen Finger, Heike knabbert nachdenklich am Fingernagel, Heiko fabriziert eine Kaugummiblase nach der anderen, Flo betrachtet versunken die Schrammen an seinen Knien, und Bastian malt mit dem Kugelschreiber ein Segelflugzeug auf seine nackten, braunen Beine.

„In unserer Bande sind wir acht! Wir fangen jeden Dieb bei Nacht!" trompetet Su plötzlich so laut, daß wir alle zusammenzucken.

„Na klar!" ruft Heiko schnell, dessen Stärke es nicht ist, sich über irgend etwas lange den Kopf zu zerbrechen. „Wir nennen uns einfach die *Acht*!"

„Die *Acht vom großen Fluß*", fügt Flo träumerisch hinzu.

„Das schockt!" Dies ist Heikes Lieblingsspruch. „Als Erkennungszeichen nehmen wir die Zahl acht. Ich bastele noch Abzeichen für uns. Wenn wir uns am Ausguck treffen, muß jeder sein Abzeichen am T-Shirt oder Pullover tragen, sonst hat er keinen Zutritt."

„Wie kommt ihr überhaupt auf acht?" meldet sich Bastian zu Wort. „Wir sind doch nur sechs."

„Heikes Hamster Husch und Kater Bandit gehören ebenfalls zu unserer Bande", kläre ich ihn auf. „Hast du das etwa vergessen?“

„Ich weiß nicht, was uns ein winziger Hamster und ein einäugiger Kater nützen können“, knurrt Bastian ungeduldig und kratzt sich hinter seinen abstehenden Ohren.

„Wer hat Flo das Leben gerettet, als die Rauschgiftschmuggler ihn gefangen hatten? Der einäugige Kater Bandit!“ rufe ich zur Verteidigung meines Katers.

Das kann Bastian nicht abstreiten. „Meinetwegen“, gibt er zu. „Nehmen wir Husch und Bandit in unsere Bande auf.“ Und weil ihm selbst nichts Besseres einfällt, fügt er großzügig hinzu: „Wir nennen uns also die *Acht vom großen Fluß*.“

„Damit wäre Punkt eins der Tagesordnung geklärt“, sagt Heike zufrieden. „Nun zu Punkt zwei: Was wollen wir in den Ferien unternehmen? Oder verreist jemand von euch?“

Es stellt sich heraus, daß niemand verreist. Bastians Eltern müssen im Sommer ihr Café bewirtschaften, denn dann haben sie die größten Einnahmen. Im Winter verirren sich selten Fremde nach Diekhusen. Flos Vater hat mit seinem Campingplatz, der ungefähr einen Kilometer vom Dorf entfernt direkt am Deich liegt, genug zu tun. Bauer Hansen, Heikes und Heikos Vater, kann jetzt zur Zeit der Heuernte seinen Hof sowieso nicht verlassen. Mein Vater muß seinen Urlaub leider auch verschieben, da ein Kollege krank geworden ist und längere Zeit für den Zolldienst ausfällt.

Flo hebt den Kopf und sieht uns mit großen Augen an. „Ich hab's!“ flüstert er mit vor Aufregung zitternder Stimme. „Was haltet ihr davon, wenn wir zelten? Mein Vater hat noch ein altes Zelt auf dem Campingplatz liegen. Das würde für uns Jungen reichen."

„Und die Mädchen? Sollen die unter freiem Himmel kampieren?" fragt Heiko empört.

„Sabine hat doch ein tolles Zelt gewonnen!"

„Was?" Die anderen springen überrascht auf. Die Weide beginnt zu schwanken, und Bandit zieht es vor, lieber rückwärts am Baumstamm herabzuklettern und die Sache vom sicheren Boden aus weiter zu verfolgen.

„Du hast ein Zelt gewonnen, Sabine? Ja, wieso denn?"

„Trampelt nicht so rum!" schreit Bastian gegen den Lärm an. „Sonst bricht die Plattform zusammen!"

Nun muß ich erst einmal erzählen, wie ich zu dem Zelt gekommen bin, und das tue ich nicht ohne Stolz. Alle sind begeistert.

„Vorausgesetzt, daß Flos Vater uns das Zelt leiht und alle Eltern die Erlaubnis geben – wo wollen wir zelten?" Ich bin bereits Feuer und Flamme für Flos Vorschlag.

„Auf unserer Insel, auf dem Bananensand!" ruft Heike wie aus der Pistole geschossen.

„Ach", brummt Heiko, „auf dem Bananensand sind wir dauernd unter Kontrolle. Alle naselang werden mein Vater oder meine Mutter antanzen, um nach uns zu sehen!"

Das stimmt. Daran hatten wir nicht gedacht. Das fehlte gerade noch, beaufsichtigt zu werden!

„Ich habe eine Idee!" schreit Su in das betretene Schweigen. Ihr Gesicht fängt vor Aufregung an zu glühen. „Wir zelten auf der Vogelinsel!"

„O ja!" stimme ich ausnahmsweise sofort meiner Schwester zu. „Dort sind wir ganz allein!"

„Wohnt dort den Sommer über nicht ein Vogelwart?" fragt Bastian zweifelnd.

„Nein“, erklärt Heiko, „ich habe gehört, daß sich in diesem Sommer niemand gefunden hat, der als Vogelwart dort leben will.“

„Was macht denn ein Vogelwart auf der Insel?“ erkundigt sich Su neugierig.

„Nun“, meint Bastian achselzuckend. „Er muß über Vögel Bescheid wissen.“

„Das ist ja wohl logisch“, fällt Heike ihm ins Wort. „Ein Vogelwart muß die Vögel zählen, die auf der Insel brüten, und auch die, die auf ihrem Flug nur kurze Zeit dort rasten.“

„Hm“, sagt Su und blickt sinnend auf den Fluß.

Die Vogelinsel liegt etwa sechshundert Meter von der Südspitze des Bananensandes entfernt. Während der Bananensand die Form einer Banane hat, ist die Vogelinsel beinahe kreisrund und hat einen Durchmesser von etwa fünfhundert Metern. Wir sind zwar schon öfter mit der kleinen Jolle daran vorbeigesegelt, haben sie aber noch nie betreten, weil wir keinen Ärger mit dem Vogelwart bekommen wollten, der wie ein Luchs aufgepaßt hat, daß niemand die Ruhe seiner Vögel stört. Aber wenn in diesem Sommer kein Vogelwart dort ist, könnten wir es doch wagen, auf der Insel zu zelten.

„Vielleicht können wir auf der Vogelinsel wieder Rauschgiftschmuggler fangen“, meint Su hoffnungsvoll. Sie ärgert sich immer noch, daß sie das große Abenteuer verpaßt hat.

Auf das Stichwort *Schmuggler* setzt Heiko augenblicklich sein Fernglas an die Augen und blickt über den Strom.

„Wenn ihr wieder Schmuggler fangen wollt, komme ich nicht mit“, protestiert Flo so energisch, wie ich ihm das niemals zugetraut hätte. „Das ist mir zu aufregend!“

„Vom Schmugglerfangen habe ich auch die Nase voll", beruhige ich ihn. „Das können wir Papa und seiner Mannschaft überlassen!"

„Schade", sagt Heiko, „die Vogelinsel ist von hier aus nicht zu sehen. Der Bananensand liegt davor und versperrt die Aussicht. Ein Schmugglerschiff ist auch nicht in Sicht", grinst er, „dafür rauscht der Zollkreuzer näher. Ich glaube, der will an der Mole anlegen!"

Ich stecke neugierig meinen Kopf durch das dichte Blätterdach der Weide. Der grüne Zollkreuzer macht tatsächlich an der Mole fest.

„Wollen wir hinlaufen?" schlage ich vor und springe auch schon über die Strickleiter hinweg von der Plattform in den Sand.

Die anderen springen hinterher. Die Strickleiter schaukelt verlassen im Wind. Nur Bandit bleibt als einsamer Wächter unter der Weide zurück. Er hat keine Lust, uns nachzulaufen.

Besuch auf dem Zollkreuzer

Auf der Mole kommt uns mein Vater bereits entgegen.

„Hallo, Sabine!" ruft er und schwenkt eine Zeitung. „Du hast den ersten Preis im Malwettbewerb gewonnen!"

„Ja!" strahle ich. „Stell dir vor, Papa, ich habe ein Dreipersonenzelt bekommen!"

„Ach, du weißt es schon? Ich dachte, ich könnte dir etwas Neues berichten. Mein Kollege hat es heute mittag in der Zeitung gelesen. Weil du das schönste Bild gemalt hast, lade ich dich und deine Freunde auf eine Limo an Bord ein!"

„Oh, dürfen wir alle aufs Schiff kommen?" Heiko staunt.

„Ja, ausnahmsweise einmal."

„Das schockt!" wendet Heike ihren Lieblingsspruch heute bereits zum zweitenmal an.

Wir lassen uns nicht lange bitten und springen rasch auf das Boot. Ein Zollbeamter muß Flo schnell am Kragen packen, denn er stolpert aus Hast über seine eigenen Füße und wäre beinahe zwischen Hafenmauer und Bordwand ins Wasser gerutscht.

Heiko trampelt aufgeregt von einem Fuß auf den anderen. Er weiß gar nicht, wo er zuerst hinsehen soll; er ist zum ersten Mal an Bord des Kreuzers.

„Wie viele Mann Besatzung hat der Kreuzer eigentlich?" erkundigt er sich wißbegierig.

„Wir sind sechs Mann", gibt Papa bereitwillig Auskunft. „Vier Nautiker und zwei Techniker."

„Darf ich mich ein wenig umsehen, Herr Rehder?" bittet Heiko und spuckt seinen Kaugummi in weitem Bogen ins Hafenbecken.

„Nur, wenn du nicht überall Kaugummis hinklebst", antwortet Papa lachend.

„Ich kaue keinen einzigen, solange ich an Bord bin. Ehrenwort!" versichert Heiko. Er verschwindet mit einem der Techniker im Maschinenraum, als habe er Angst, daß mein Vater sich anders besinnen könnte.

Wir anderen machen es uns auf Deck im Schatten der Aufbauten bequem. Einer von Papas Kollegen reicht uns aus dem Niedergang ein Tablett herauf.

„Sechs Limodosen für uns und eine Tasse Kaffee für den

Kapitän“, zählt Su auf.

„Onkel Ulf“, fragt Bastian meinen Vater, nachdem er einen kräftigen Schluck Limo genommen hat, „würdest du Su und Sabine erlauben, einige Tage mit uns auf der Vogelinsel zu zelten?“

Wir blicken meinen Vater gespannt an.

„Auf der Vogelinsel? Auf gar keinen Fall!“

Ich mache ein enttäuschtes Gesicht. „Warum nicht? Flo kann ein Zelt von seinem Vater bekommen, und wir drei Mädchen könnten mein neues Zelt einweihen. Ach, bitte, Papa, sag doch ja! Das Wetter ist zur Zeit so schön. Vielleicht regnet es nächste Woche wieder!“

„Ich habe ja nichts dagegen, daß ihr zeltet. Aber auf der Vogelinsel geht es nicht. Da müßt ihr euch etwas anderes ausdenken. Wie wäre es auf dem Campingplatz von Flos Vater?“

Unsere Gesichter ziehen sich so in die Länge, daß Papa lachen muß.

„Auf einem Campingplatz zelten alle Leute!“ ruft Su geringschätzig. „Das ist doch nichts für die *Acht vom großen Fluß*.“

„Wenn es euch auf dem Campingplatz nicht spannend genug ist, dann zeltet doch in unserem Garten. Das würde Mama bestimmt recht sein!“

„Mensch, Onkel Ulf“, sagt Bastian verächtlich, „hast du noch mehr so umwerfende Vorschläge auf Lager? In eurem Garten sind wir nicht allein. Da guckt mindestens alle fünf Minuten ein Erwachsener über die Hecke. Ist doch stinklangweilig!“

„Warum dürfen wir nicht auf die Vogelinsel?“ maule ich.

„Weil die Insel Vogelschutzgebiet ist. Sie darf während

„Warum dürfen wir nicht auf die Vogelinsel?" maule ich

der Monate April bis Oktober nicht betreten werden!"
„Bis Oktober können wir unmöglich warten", knurre ich wütend. „Außerdem ist es in den Herbstferien schon viel zu kalt zum Zelten!"
„Warum darf die Insel denn nicht betreten werden?" fragt Flo.
„Weil ab Anfang Mai die Möwen und Enten dort brüten und ihren Nachwuchs aufziehen."
„Aber wir tun den Vögeln doch nichts", wendet Su ein.
„Allein eure Gegenwart würde die Vögel schon stören", erklärt Papa. „Ihr würdet ja bestimmt nicht den ganzen Tag ruhig in euren Zelten sitzen, sondern auf der ganzen Insel umhertoben. Die Möwen und Enten würden durch euch dauernd aufgeschreckt werden, vielleicht würden sie sich dann im nächsten Jahr eine andere Stelle zum Brüten suchen. Und wir können wirklich froh sein, daß es überhaupt noch Vogelarten gibt, die die Insel aufsuchen. Ihr Lebensraum ist durch die Industrialisierung und die Verschmutzung des Wassers und der Luft immer kleiner geworden. Das wißt ihr ja!"
Flo blickt suchend in den Himmel und deutet auf einige große, weiße Möwen mit silbergrauen Flügeln und schwarzen Flügelspitzen, die suchend über dem Hafen kreisen.
„Brüten die Silbermöwen auch auf der Vogelinsel?"
„Ja. Aber auch selten gewordene Vogelarten, wie zum Beispiel der kleine Sandregenpfeifer."
„Der kleine Sandregenpfeifer?" kichert Su. „Das ist ein lustiger Name. Wie sieht der Vogel denn aus?"
„Du hast ihn bestimmt schon öfter am Strand entlanglaufen sehen", erklärt Heike. „Seine Oberseite ist sandbraun.

Über die weiße Brust zieht sich ein breites, schwarzes Band, und die Beine und der Schnabel sind orangefarben."

„Jetzt weiß ich's!" ruft Flo. „Das ist der kleine Vogel, der immer so lustig trillert. Quitu-wiu", macht er die Vogelstimme nach.

„Das hört sich ja ganz echt an!" Wir bewundern Flo. Vor Freude bekommt er einen roten Kopf.

„Sturmmöwen nisten auch auf der Vogelinsel!" erklärt Bastian. „Die sehen genauso aus wie Silbermöwen."

„Das stimmt nicht!" protestiert Heike. „Sturmmöwen sind kleiner als Silbermöwen, und ihre Stimme ist viel heller und schriller."

Bastian beißt sich ärgerlich auf die Lippen. Er kann es nicht leiden, daß Heike mehr weiß als er.

„Du magst ja in Mathe und Englisch und Deutsch der Beste sein", stichele ich, „aber in Biologie ist Heike besser als du!"

Bastian schneidet mir eine Grimasse, die ich übersehe.

„Du weißt ja wirklich gut Bescheid, Heike!" Papa staunt, „Sag mal, nisten in den kleinen Sanddünen nicht auch Brandenten?"

„Ja!" sagt Heike eifrig. „Am liebsten nisten sie in Kaninchenhöhlen. Davon gibt es auf der Vogelinsel bestimmt mehr als genug."

„Brandenten kenne ich auch", sage ich und bin froh, daß ich auch einmal etwas weiß. „Die haben einen grünlichschwarzen Kopf und Hals und so eine Art roten Schal um den Körper."

„Donnerwetter, ihr kennt euch ja gut aus", sagt Papa anerkennend. „Dann ist euch inzwischen wohl klargeworden, daß die Vogelinsel einer der wenigen Plätze ist, wo die

Vögel noch ungehindert ihren Nachwuchs großziehen können, und dabei dürfen sie nicht gestört werden. Leider ist in diesem Jahr kein Vogelwart dort, so werden wir vom Zoll mit aufpassen müssen, daß die Insel nicht betreten wird. Es gibt leider immer noch genug dumme, verantwortungslose Menschen, die die Eier mutwillig zerstören oder die Küken anfassen, die dann verhungern müssen, weil die Eltern sie nicht mehr füttern."

„Dann paß gut auf, Papa", sagt Su mit großen Augen, „daß niemand die Insel betritt!"

„Schade", sagen wir enttäuscht. „Dann wird es nichts mit dem Zelten!"

Die Limo schmeckt uns auf einmal nicht mehr so gut.

„Zieht nicht so einen Flunsch!" Papa muntert uns auf. „Sprecht mal mit Herrn Hansen, Heikes und Heikos Vater. Vielleicht erlaubt er euch, daß ihr auf dem Bananensand zelten dürft. Wenn ihr an der Südspitze der Insel eure Zelte aufstellt, seid ihr auch unter euch, denn der Bauernhof liegt ganz im Norden der Insel. Eure Eltern geben euch auch eher die Erlaubnis, wenn ab und zu mal ein Erwachsener nach euch sieht. Sonst geht ihr womöglich wieder auf Rauschgiftsuche...", fügt er zwinkernd hinzu.

Heiko kommt strahlend zurück. „Tolles Schiff, der Zollkreuzer", zischt er anerkennend durch seine Zahnlükke. „Im Maschinenraum stehen sogar zwei Maschinen, und jede hat 1250 PS. Mit voller Kraft macht der Kreuzer seine 21 Knoten in der Stunde."

„Du, was denn für Knoten?" fragt Su, die sich im seemännischen Bereich nicht so auskennt.

„Keine Knoten im Tau", feixt Heiko. „Ein Knoten bedeutet 1,852 km je Stunde."

„So ein Quatsch!“ ruft Su aufgebracht. „Warum sagst du dann nicht gleich Kilometer? Das versteht wenigstens jeder.“

„So ist das eben bei der Seefahrt“, erklärt Heiko, als wollte er sagen, davon hast du sowieso keine Ahnung, warum soll ich mir also erst die Mühe machen, dir das zu erklären!

„Du hast dich inzwischen gut informiert!“ lobt Papa.

„Ich will ja auch mal Zollkapitän werden, so wie Sie“, gibt Heiko zurück.

„Ich denke, du willst Bauer auf eurer Insel werden.“

„Hm.“ Nun ist Heiko in einer Zwickmühle, denn am liebsten möchte er beides werden. Er zieht die Stirn in Falten und denkt über dieses Problem nach.

„Im Sommer bin ich Bauer, und im Winter fahre ich als Kapitän auf dem Zollkreuzer!“ erklärt er endlich.

„Dann mußt du dich in der Schule etwas mehr anstrengen!“ lacht seine Schwester und gibt ihm einen liebevollen Schubs.

„Laß das“, knurrt Heiko. „Die Leuchtfeuer am Fluß kenne ich auswendig, und mit der Seekarte kann ich auch umgehen.“

„Wenn du meinst, daß das genügt, kannst du es später ja mal versuchen“, sagt Papa ganz ernst.

Heiko blinzelt ihn mißtrauisch an. Macht sich der Kapitän über ihn lustig? Aber es gelingt meinem Vater, keine Miene zu verziehen.

„Funkspruch, Ulf! Wir müssen auslaufen!“ ruft einer der Männer aus dem Brückenhaus.

„Tja, meine Lieben, ich muß euch leider hinauswerfen. Wir müssen los!“

Das Schiff vibriert bereits unter den laufenden Maschinen. Wir bedanken uns für die Limo und springen auf die Mole zurück. Vorsichtshalber hilft Papa Flo an Land. Su lehnt seine ausgestreckte Hand überlegen ab. „Ich werde doch wohl noch allein an Land springen können!“ ruft sie vorwurfsvoll.

Bastian und Heiko streiten sich, wer die Leine losmachen darf. Ich löse das Problem kurzerhand, indem ich selbst die Leine vom Poller nehme. Sie fällt klatschend ins Wasser und wird von einem der Männer aufgerollt. Langsam gleitet der Kreuzer aus dem Hafen. Am Heck weht die deutsche Flagge mit dem Bundesadler in der Mitte. Die Schiffsschrauben wirbeln das Wasser zu weißen Fontänen auf. Papa tippt noch einmal grüßend an seine Schirmmütze, bevor er auf der Brücke verschwindet.

Wir winken so lange, bis das grüne Boot die Fahrwassermitte erreicht hat und rasch stromabwärts davonzieht.

Ferienpläne

„Gegen den Kreuzer ist unsere *HAI* so klein wie ein Wasserfloh“, sagt Heiko und betrachtet liebevoll seine kleine Jolle, die nun wieder allein sacht an der Mole dümpelt.

„Ade, du schöne Vogelinsel“, sage ich leise.

„Dann zelten wir eben auf dem Bananensand“, bestimmt Heike kurz entschlossen.

„Glaubst du denn, daß dein Vater es erlaubt?“

„Na klar, das ist so sicher, wie nach der Ebbe wieder die

Flut kommt.“

„Los, wir gehen zum Ausguck zurück und notieren alle wichtigen Dinge, die wir fürs Zelten brauchen!“ ruft Bastian uns zu.

Wir nehmen unsere Sandalen in die Hand und laufen barfuß über den Pfad durch das Schilf. Inzwischen ist der Sand von der Sonne getrocknet und heiß geworden.

Während Bastian den Ausguck erklimmt, um Notizblock und Kugelschreiber aus dem Gurkenglas zu holen, balancieren wir anderen auf das Stack hinaus. Jetzt, bei Ebbe, ragt der Steindamm völlig aus dem Wasser. Wir lassen uns auf den großen vom Wasser spiegelglatt geschliffenen Steinen nieder.

Bandit gesellt sich zu uns. Er reibt seinen Kopf zärtlich an meinem Arm, springt plötzlich auf meinen Schoß und sieht mich erwartungsvoll an. Ich lache, denn ich weiß, was das bedeutet. Er möchte, daß ich ihn unter dem Kinn kraule. Verzückt schließt er das gesunde Auge und leckt hingebungsvoll über meine Hand. Lange kann ich das nicht aushalten, denn seine Zunge fühlt sich an wie ein Reibeisen.

„Bandit liebt dich heiß und innig, Sabine“, sagt Heike, die uns beobachtet hat.

„Zu mir kommt er nie freiwillig auf den Schoß“, beschwert sich Su eifersüchtig. „Ich muß ihn immer holen!“

„Du drückst ihn zu fest“, erwidere ich, „und das mögen Katzen nicht. Sie wollen nur schmusen, wenn sie selbst Lust dazu haben.“

„Ich finde, Bandit ist ein dummes Tier“, macht Su ihrem Ärger Luft.

„Wenn hier einer dumm ist, bist du das“, sage ich.

Wir kommen nicht mehr dazu, uns zu streiten, denn Bastian schlendert heran und hockt sich neben uns auf den Damm.

„Schießt los", ermuntert er uns und zückt seinen Kugelschreiber. „Was brauchen wir alles?"

„Zunächst mal Kaugummi", meint Heiko und schiebt eine rote Kugel in den Mund.

„Kartoffeln und Milch für Kartoffelbrei!" ruft Heike.

„Bücher!" kräht Flo.

„Meine Puppe Gerapita!" schreit Su und hüpft von einem Stein zum anderen.

„Habt ihr nicht mehr alle Tassen im Schrank?" schimpft Bastian. „Das ist doch alles überflüssiger Quatsch!"

„Willst du damit sagen, daß meine Puppe Gerapita unwichtig ist?" fragt Su empört und bleibt mit drohend erhobenen Fäusten hinter Bastian stehen. Der zieht vorsichtshalber den Kopf ein, denn bei Su weiß man nie so recht, wie sie im nächsten Moment reagieren wird.

„Zuerst einmal brauchen wir eine Taschenlampe, damit wir nachts etwas sehen können", schlage ich vor.

„Der erste vernünftige Vorschlag", stimmt Bastian erleichtert zu.

Er schreibt auf den noch leeren Zettel: *Zwei Taschenlampen!*

Als die Wellen der einsetzenden Flut bereits unsere Beine bis zu den Waden umspülen, steht folgendes auf dem Zettel.

2 Taschenlampen	besorgt Bastian
1 Zelt	besorgt Sabine
1 Zelt	besorgt Flo
1 Fernglas	besorgt Heiko
Angelzeug	besorgt Heiko
4 Luftmatratzen	besorgt Sabine
2 Luftmatratzen	besorgt Flo
6 Schlafsäcke	besorgt jeder für sich
1 Kochtopf	besorgt Heike
1 Bratpfanne	besorgt Heike
1 Wasserkessel	besorgt Heike
1 Gaskocher	besorgt Flo
1 Gasflasche	besorgt Flo
Streichhölzer	besorgt Bastian
1 Hammer	besorgt Heiko
Lebensmittel	besorgen alle
Getränke	besorgt Bastian
Katzenfutter	besorgt Su

„Das Schwierigste steht uns noch bevor", sagt Flo bedrückt, nachdem Bastian die Liste vorgelesen hat. „Hoffentlich erlauben meine Eltern, daß ich mit euch zelten darf."

4 9117-8

„Deine Mutter ist bestimmt froh, wenn sie dich eine Weile los ist“, sagt Su unverblümt.

„Deine noch mehr!“ gibt Flo grimmig zurück.

„Zankt euch nicht!“ Heike versucht den aufkommenden Streit zu schlichten.

„Deine Eltern überzeugen wir schon. Das ist kein Problem, Flo!“ meint Bastian selbstsicher.

Es ist dann aber doch ein schweres Stück Arbeit, die Eltern von Florian zu überreden, daß ihr Sohn unbedingt mit uns auf dem Bananensand zelten muß. Schließlich, als einige Telefongespräche von Diekhusen zum Bananensand hin und her gegangen sind und Herr Hansen feierlich versprochen hat, wenigstens einmal am Tag nach uns zu sehen, haben sie schweren Herzens eingewilligt. Flos Vater hat dann auch Zelt und Gaskocher und eine Gasflasche herausgerückt und sogar einen Blasebalg, um die Luftmatratzen aufzupumpen.

Ich hatte gedacht, daß Flos Mutter sofort begeistert einwilligt hätte, denn dann wäre er ihr einige Tage lang nicht „zwischen den Füßen herumgestanden“. Flo scheint es zu genießen, daß seine Mutter sich nicht von ihm trennen will. Während wir uns den Mund fusselig reden, damit er mit uns darf, strahlt er übers ganze Gesicht, als seine Mutter sagt, daß sie keine Ruhe hätte, wenn ihr lieber kleiner Florian so lange fort wäre und sie nicht wüßte, wie es ihm ginge. Er ist selig, daß endlich einmal er im Mittelpunkt steht... und nicht die Zwillinge.

Es geht schon auf den Abend zu, als wir alle unsere Gepäckstücke im Café abgeladen haben. Von hier aus wollen wir sie morgen früh zur Mole schleppen. Dort will Herr Hansen uns mit seinem Arbeitsboot abholen, denn mit der kleinen *HAI* hätten wir öfter hin und her segeln müssen, um unsere Sachen auf die Insel zu bringen.

„Uff", keucht Flo und wischt sich das schweißnasse Gesicht ab. „Nun kann hoffentlich nichts mehr schiefgehen!"

Aber dann wäre beinahe alles an Tante Almut gescheitert. Sie taucht plötzlich neben uns auf und erkundigt sich, wer denn jetzt, während Bastian gemütlich auf dem Bananensand sitzt, die Zeitungen in Diekhusen austragen soll.

Bastian zieht ein langes Gesicht. „Aber, Mama, kannst du das nicht mal die paar Tage für mich machen?"

„Ich? Nein, ich habe genug mit meinem Café zu tun."

„Du kannst ja auch mein Zeitungsgeld bekommen", versucht Bastian seiner Mutter verzweifelt die Sache schmackhaft zu machen.

„Aber, Tante Almut", bettelt Su und probiert ihren hinreißendsten Augenaufschlag, „du kannst uns doch jetzt nicht im Stich lassen! Wir helfen dir dafür auch mal in der Küche, wenn viel Betrieb im Café ist!"

„Na gut", gibt Tante Almut nach. „Aber ich erinnere euch bei Gelegenheit an euer Versprechen!"

Wir hätten alles versprochen, um nur ja endlich fortzukommen.

„Beeil dich, Flo, damit du pünktlich zum Abendessen zu Hause bist", mahne ich besorgt. „Wir dürfen jetzt die Eltern nicht mehr ärgern."

Wir verabschieden uns schnell von Bastian und Tante Almut. Su und ich wandern gemächlich über den Deich nach Hause, während Flo schon weit voraus läuft. Heike und Heiko sind inzwischen längst auf ihre Insel zurückgekehrt.

Der Sand am Elbufer leuchtet in der tiefstehenden Abendsonne. Argwöhnisch blicke ich in die Höhe. Kleine Schönwetterwölkchen segeln über den Himmel. Es wäre ja auch richtig gemein, wenn es nach all der Mühe nun regnen würde.

„Sabine, komm nach Hause, ich habe Durst auf Brause!" trällert Su vergnügt einen ihrer selbstgedichteten Verse.

Viel später, als die Sonne schon untergegangen ist, aber der Himmel im Norden noch immer von einem rosa Streifen erhellt ist, lehne ich im Schlafanzug an meinem geöffneten Fenster. Ein Lichtviereck blinkt warm von der dunklen Insel herüber. Das ist Heikes erleuchtetes Zimmerfenster. Sicher geht sie auch gerade zu Bett.

Ich hole meine Taschenlampe aus der Schreibtischschublade und blinke dreimal kurz hinüber. Plötzlich erlischt drüben das Licht, kurz darauf blitzt es ganz schwach dreimal zurück.

Befriedigt lege ich die Lampe zur Seite. Auf dem Fluß strebt ein Frachtmotorschiff dem offenen Meer zu. Ich höre das Stampfen der Maschinen und sehe die grüne Positionslampe. Aus einigen Bullaugen in der Bordwand dringt schwacher Lichtschein.

Kurze Zeit später klatschen die Sogwellen des Schiffes an den Strand. Die Boote im kleinen Hafen werden wild durcheinandergeschüttelt. Sie ächzen und stöhnen laut. Das Geräusch der Wellen wird leiser und ebbt mit der Entfernung des Frachters immer mehr ab.

Behaglich kuschele ich mich in meine weiche Bettdecke. Noch lange kann ich vor Aufregung – und weil ich immer ängstlich lausche, ob ja kein Gewitter aufzieht – nicht einschlafen.

Auf zum Bananensand!

Punkt zehn Uhr legt Herr Hansen bei strahlendem Sonnenschein mit seinem breiten, behäbigen Arbeitsboot an der Mole an.

„Soll das etwa alles mit?“ japst er entsetzt und zeigt auf die zu einem Berg aufgetürmten Taschen und Pappkartons.

„Na klar!“ antwortet Bastian in aller Seelenruhe und springt von der Zeltrolle. „Das brauchen wir!“

„Das ist nur das Nötigste“, sprudelt Su hervor.

Sie faßt Flo an der Hand, und die beiden hopsen wie Gummibälle um unseren Gepäckberg und singen strahlend: „Wir zelten auf dem Bananensand, wir fahren in ein fremdes Land!“

Bastian tippt an seine Stirn und sagt kopfschüttelnd: „Jetzt schnappen die beiden Kleinen völlig über!“

„Wo sind denn Heike und Heiko?“ erkundige ich mich bei Herrn Hansen.

„Die haben bereits ihr Gepäck in die Jolle geladen und sind zur Südspitze der Insel unterwegs. Faßt mal alle mit an, und gebt mir zuerst die Zeltsäcke!“

„Los, los“, treibt Bastian die beiden „Kleinen“ an, „ihr müßt mithelfen! Umherhüpfen könnt ihr später noch genug!“

Zehn Minuten später ist der Berg sichtlich zusammengeschrumpft. Schließlich stehen nur noch Flo mit einer Tasche voller Bücher, Su mit ihrer Babypuppe Gerapita,

Bastian mit Notizblock und Kugelschreiber und ich mit einem Riesenpaket Katzenfutter auf der Mole herum.

Da bewegt sich durch die Lücke im Deich eine seltsame Prozession am Hafen entlang auf uns zu. Den Anfang macht Flos Mutter, die die Zwillinge in einer Karre vor sich herschiebt. Ihr folgen meine Mutter und Tante Almut. Zu guter Letzt kommt noch Flos Vater angeradelt, der seinen Campingplatz für kurze Zeit verlassen hat, um uns abfahren zu sehen.

Nur Onkel Henning und mein Vater fehlen. Onkel Henning arbeitet auf einer Werft, und Papa hat Dienst auf dem Zollkreuzer.

Das schockt! würde Heike jetzt bestimmt rufen.

Bastian und ich starren fassungslos auf die Herannahenden.

„Das darf doch nicht wahr sein!“ stöhnt Bastian und reibt sich ungläubig die Augen. „Wollen die uns etwa verabschieden?“

Unsere Mütter umarmen uns, als würden wir mindestens für zehn Jahre ans Ende der Welt reisen und nicht nur einen Katzensprung entfernt auf den Bananensand. Sie geben uns gute Ratschläge, bis es schließlich sogar Herrn Hansen zuviel wird. Er ruft energisch: „Einsteigen! Niemand braucht sich Sorgen zu machen. Ich bin ja auch noch da, um nach den Kindern zu sehen!“

Erlöst aufatmend winden wir uns aus den Armen unserer Mütter und springen ins Boot.

„Halt!“ schreie ich erschrocken. „Bandit fehlt!“

„Soll der Kater etwa auch mit?“ knurrt Herr Hansen und wirft den Motor an.

„Bandit ist einer der *Acht*“, erklärt Flo eifrig. „Er muß

unbedingt dabeisein!"

Su hat den rettenden Einfall. Sie nimmt mir eine Pakkung mit Katzenkeksen aus der Hand und schüttelt den Karton, so daß das Trockenfutter richtig klappert.

Wenn Bandit auch für alles Rufen taube Ohren hat, auf dieses Geräusch reagiert er augenblicklich! Die Kekse sind seine Lieblingsspeise. Und da spurtet er auch schon in langen Sätzen über die Mole.

Mama schnappt ihn und reicht ihn mir ins Boot. Bandit zappelt und miaut kläglich, denn ins Boot wollte er ganz und gar nicht. Aber um zurück an Land zu springen, ist es zu spät. Schon liegt ein Streifen Wasser zwischen uns und der Mole.

Herr Hansen gibt Gas. Das schwere, unförmige Boot tuckert langsam aus dem Hafen. Wir winken den Zurückbleibenden zu. Nur Bastian hat für solche Gefühlsausbrüche nicht viel übrig.

„Ein Glück, daß wir das Abschiednehmen heil überstanden haben", stöhnt er. „Eltern kommen manchmal auf die unmöglichsten Einfälle. Nur gut, daß keine Fremden am Hafen waren, die hätten sich ja bei der Küsserei und Drückerei vor Lachen gebogen."

„Ich finde es nett von unseren Müttern, daß sie zum Hafen gekommen sind!" ruft Su und wirft den Kopf in den Nacken. „Da könnt ihr sehen, wie traurig sie sind, daß wir wegfahren!"

„Klar", stimmt Flo ihr gerührt zu.

„Ach was", knurrt Bastian unwirsch. Gleich darauf ändert sich sein Gesichtsausdruck. Er lebt förmlich auf und schwenkt den Notizblock wie eine Fahne. „Auf zum Bananensand!" schreit er strahlend.

Ich schüttele einige Kekse aus dem Paket und gebe sie Bandit. Augenblicklich stellt er sein klägliches Miauen ein und macht sich gierig über die Kekse her.

Der Motor lärmt ohrenbetäubend. Wir müssen schreien, um uns zu verständigen. Schäumend rauschen die Bugwellen an der niedrigen Bordwand entlang. Ich lasse meine Hand ins Wasser hängen und atme tief ein. Ich bin gerne auf dem großen Strom. Den ganzen Tag über könnte ich mich von den Wellen so dahintragen lassen, dann vergesse ich alles, was mich bedrückt und bekümmert.

„Gerapita, sei nicht bange, die Seefahrt dauert nicht mehr lange", singt Su ihrer Puppe Mut zu.

Wir sehen keine Schiffe. Wir befinden uns auf einem seichten Nebenarm des Flusses zwischen Insel und Festland. Die tiefe Fahrrinne liegt uns abgewandt auf der Westseite des Bananensandes.

Der Giebel von Haus Nr. 1 verschwindet als letzter an der Backbordseite. Nun ist nur noch der Deich mit dem schmalen Vorland zu erkennen. Der Fluß spiegelt im Sonnenschein die blaue Farbe des Himmels wider. Die Wellen schlagen an den weißen Saum der Insel vor uns, die Bäume wiegen sich sanft in der leichten Brise.

„Ich sehe die *HAI*!" ruft Flo plötzlich.

Er rutscht aufgeregt auf der Bank hin und her.

Rasch nähern wir uns dem Ufer. Herr Hansen nimmt Gas weg und klappt den Außenbordmotor hoch, damit sich die Schraube nicht in den Grund bohrt. Knirschend schiebt sich der flache Kiel des Bootes auf den Sand.

Heike und Heiko stürzen herbei.

„Willkommen auf dem Bananensand!" schreien sie zur Begrüßung.

Husch turnt munter auf Heikes Schulter umher. Als er jedoch Bandit erblickt, quiekt er erschrocken auf und verschwindet rasch unter Heikes T-Shirt.

Herr Hansen reicht uns die Gepäckstücke zu. Wir legen sie erst einmal auf dem schmalen Strand ab.

„Ich wünsche euch viel Spaß!“ ruft Herr Hansen, als alles

„Uff, endlich allein!“ schreie ich

ausgeladen ist. „Wenn ihr mit dem Zeltaufstellen nicht klarkommt, müßt ihr Bescheid sagen. Und paßt mit dem Gaskocher auf! Vergeßt nicht, die Gasflasche zuzudrehen, wenn ihr mit Kochen fertig seid."

„Mach dir keine Sorgen, Papa", beruhigt Heiko ihn. „Wir kommen schon klar!"

„Dann schiebt mal mein Boot ab! Ich muß sehen, daß ich an die Arbeit komme. Das Gras muß gemäht werden, solange das Wetter noch gut ist."

Wir schieben mit vereinten Kräften das schwere Boot ins Wasser. Vater Hansen wirft den Motor an. Wir winken ihm zu, als er langsam davontuckert.

„Uff, endlich allein!" schreie ich.

Wie befreit führen wir einen Indianertanz um unsere Gepäckstücke auf. Sogar Bastian, der sonst immer so erwachsen tut, beteiligt sich.

„So, das reicht!" keucht er nach einer Weile außer Atem. „Wir müssen die Zelte aufbauen, damit wir ein Dach über dem Kopf haben, wenn es Regen gibt."

„Wieso soll es Regen geben?" fragt Heiko verblüfft. „Seht doch, strahlend blauer Himmel! Heute wird es bestimmt nicht regnen."

„Wenn man auf einer einsamen Insel strandet, muß man zuerst eine Hütte bauen", erklärt Bastian unerschütterlich. „Das machen Schiffbrüchige auch immer!"

„Stimmt!" Flo gibt ihm recht. „Das steht auch in meinen Abenteuerbüchern!"

„Eigentlich ist der Bananensand keine einsame Insel", stellt der praktisch veranlagte Heiko fest. „Unser Bauernhof liegt nicht mal zwei Kilometer entfernt."

„Wir können uns ja vorstellen, daß wir auf einer einsamen

Insel gestrandet sind."

„O ja!" fällt Flo begeistert ein. „Das ist so wie in dem Buch, das ich gerade lese! Da kommen nämlich Seeräuber auf eine..."

„Nun erzähl uns bloß nicht die ganze Geschichte!" Ich winke erschrocken ab. „Wir haben Wichtigeres vor."

„Erst einmal müssen wir einen guten Platz für unsere Zelte suchen!" bestimmt Bastian.

„Das haben Heike und ich schon getan", klärt Heiko ihn auf. „Jeder schnappt sich am besten einen Karton oder eine Tasche und folgt mir, bevor das steigende Wasser unsere Sachen fortschwemmt."

Im Gänsemarsch wandern wir, jeder mit einem Gepäckstück auf den Schultern, hinter Heiko her. Den Schluß bildet Bandit, der zwar keinen Karton trägt, dafür aber seinen Schwanz um so höher in die Luft streckt.

Heiko führt uns den Strand hinauf zu einer schmalen Wiese. Sie wird im Norden von einigen verkrüppelten Weiden und Erlen begrenzt. Dahinter liegen die Weizenfelder von Bauer Hansen.

„Heiko und ich haben gedacht, daß wir am besten hier zelten", erklärt Heike und stellt einen Karton auf die Erde. „Die Weiden versperren die Sicht auf die Felder, und wir können uns einbilden, daß wir wirklich auf einer einsamen Insel gestrandet sind!"

Hier, an der Südspitze, läuft die Insel schmal zu. Auf drei Seiten sind wir vom Fluß umgeben. Da Flut ist, steht das Wasser bis knapp unter den Rand der Wiese.

„Bekommen wir hier auch keine nassen Füße?" Bastian zieht mißtrauisch die Nase kraus.

„Nein", beruhigt Heiko ihn, „die Flut hat beinahe ihren

Höchststand erreicht. Die Wiese liegt hoch genug. Es kann uns nichts passieren. Bei Sturmflut darfst du dich allerdings nicht hierher wagen."

„Hier ist es schön!" ruft Flo begeistert aus. „Im Osten kann man den Deich von Diekhusen erkennen, im Süden die Vogelinsel, im Westen ganz in der Ferne das Ufer von Niedersachsen, und im Norden beschützen uns die Bäume."

„Die Bake steht ja im Wasser", sagt Su enttäuscht und deutet auf den spitz zulaufenden Sand, der jetzt von der Flut überspült wird. „Ich wollte so gerne mal hingehen und die Stelle ansehen, an der Flo nach dem Rauschgift gebuddelt hat!"

„Rrrr!" Flo klappert mit den Zähnen und schüttelt sich. „Ich kriege jetzt noch eine Gänsehaut, wenn ich dran denke!"

„Die Bake steht nur bei Flut im Wasser", erklärt Heike. „Wenn das Wasser wieder abläuft, kannst du über den Sand zu ihr hingehen. Siehst du weit draußen die rote Leuchttonne, Su? Die können wir nachts vom Zelteingang aus blinken sehen."

Nun haben wir keinen Blick mehr für unsere Umgebung. Es gibt so viel zu tun, und komischerweise macht uns das Arbeiten sogar Spaß. Das kommt wohl daher, daß wir allein auf uns gestellt sind und kein Erwachsener da ist, der uns herumkommandiert und alles besser weiß.

Wir Mädchen schleppen mit Flo das restliche Gepäck heran, wobei Su und Flo keine allzu große Hilfe sind. Sie werden dauernd von allem möglichen abgelenkt... und wenn es nur eine Libelle ist, die ihnen um die Nase schwirrt.

Bastian und Heiko schütteln inzwischen die Zelte aus den Säcken. Zum Glück kennen sich die Jungen im Zeltaufbauen aus. Also, allein hätte ich das mit den vielen Stangen nie hingekriegt! Als die beiden Zelte endlich nebeneinander stehen, mein neues, dunkelblaues und Flos verblichenes, hellgrünes, müssen wir erst einmal hineinkriechen.

Während Heiko keuchend die letzten Heringe einschlägt, damit unser luftiges Haus bei starkem Wind nicht davonflattert, pumpen wir die Luftmatratzen auf und breiten die Schlafsäcke aus.

Flo und Su entdecken eine angespülte Schiffsplanke, die wir in den Schatten der Weiden schleppen und als Tisch benutzen wollen. Als Sitzplatz müssen wir vorerst den Erdboden nehmen, bis sich etwas Besseres findet.

„Hab ich einen Hunger – und Durst!“ stöhnt Heiko, als er den letzten Hammerschlag gemacht hat. „Ich glaube, ich könnte die ganze Elbe austrinken!“

„Das würde dir schlecht bekommen!“ lache ich. „Denk an all den Dreck, der im Fluß schwimmt!“

Die Sonne ist mittlerweile ganz schön hoch geklettert und steht genau im Süden über der Vogelinsel. Schwitzend ziehen wir uns in den Schatten der Bäume zurück.

„Gleich gibt es etwas zu futtern!“ muntert Heike uns auf. Sie hat sich selbst zu unserer Köchin ernannt.

„Heiko, bring den Kocher in Gang! Bastian, öffne mal rasch die Gulaschdosen! Flo, du kannst die Limodosen aus dem nassen Sand buddeln! Su, hier sind Pappteller und Becher, deck den Tisch! Sabine, du kannst Brot abschneiden!“

„Ich denke, du bist die Köchin“, wehre ich mich

schwach. „Was tust du denn?“

„Ich muß den Überblick behalten, und das ist am schwierigsten.“

Zuerst schimpfen wir, aber da alle hungrig und durstig sind, tun wir, was Heike uns sagt.

Bald sitzen wir im Schatten der Weiden vor unserer einfachen Tafel. Trotzdem schmeckt das Essen tausendmal besser als zu Hause am schön gedeckten Eßtisch... obwohl es etwas angebrannt ist, weil Heike mit dem Umrühren zu faul war. Die Limo ist wunderbar kühl. Der nasse Sand ersetzt den besten Kühlschrank.

Als kein Krümel Fleisch mehr in dem großen Topf ist, reibt Heiko sich zufrieden den Bauch und legt sich behaglich zurück. Wir tun es ihm nach.

„Außer Gulasch anbrennen lassen hast du bis jetzt noch nichts getan, Heike!“ Ich lache und räche uns schadenfroh. „Du darfst dafür das Geschirr im Fluß abspülen!“

„Das Flußwasser ist viel zu schmutzig. Deshalb hat mir Mutti ja Wegwerfteller und Wegwerfbesteck mitgegeben. Hier ist eine große Mülltüte, da stopfen wir alles rein!“ So nimmt Heike mir den Wind aus den Segeln und schneidet mir gutmütig eine Fratze.

„Äußerst praktisch“, stimme ich zu. „Das werde ich unserer Mutter auch einmal vorschlagen!“

Bastian und Heiko machen ein Schläfchen. Su singt ihrer Puppe Gerapita leise ein Schlaflied vor, wobei sie selbst zu gähnen anfängt. Flo liegt bäuchlings auf der Erde, er schmöckert mit heißen Wangen in einem seiner Bücher und kaut dabei auf einem Grashalm. Kommt er an eine spannende Stelle, kaut er unwillkürlich schneller. Heike füttert Husch mit Weizenkörnern und einem Salatblatt. In gebührendem Abstand von dem Hamster kraule ich unseren schwarzen Kater mit den weißen Pfoten unter dem Kinn. Bandit hebt den Kopf noch höher, schließt genußvoll das gesunde Auge und schnurrt behaglich.

Die Luft flimmert in der Hitze über dem Strom. Selbst die Wellen werden träger und ruhiger. Nur wenn ganz in der Nähe ein Motorschiff vorbeistampft, erwachen die Wellen einen Moment zu neuem Leben und kämpfen am Ufer wild miteinander.

Ein geheimnisvolles Licht

Als sich das Wasser so weit zurückgezogen hat, daß die Bake wieder trocken auf dem Sand steht, steht Heiko auf. Er streckt und reckt sich und gähnt laut.

„Wollen wir uns mal die Vogelinsel ansehen?“ fragt er unternehmungslustig.

„Ich denke, die Insel ist Vogelschutzgebiet“, erinnere ich ihn.

„Wir wollen sie ja nicht betreten, nur mal umsegeln. Wer hat Lust?“

Bastian, Su und ich – wir drei melden uns.

Flo mag sich nicht von seinem spannenden Buch trennen, und Heike will die neuen Abzeichen für unsere Bande anfertigen. Sie hat extra Garn von zu Hause mitgebracht, um für jeden eine leuchtend gelbe Acht auf ein Stück dunkelblauen Stoff zu sticken.

„Der blaue Stoff versinnbildlicht den großen Fluß“, erklärt sie uns. „Und die Acht soll gelb werden wie der

Sand von Diekhusen und vom Bananensand."

„Soll ich dir helfen?" fühle ich mich verpflichtet zu fragen, denn ich habe ein schlechtes Gewissen, wenn ich meine Freundin mit der Arbeit allein zurücklasse.

„Nein", antwortet Heike zu meiner großen Erleichterung. „Du bist im Sticken sowieso kein großes As. Segle ruhig mit. Wenn ich die Abzeichen fertig habe, werde ich noch einen Super-Kartoffelbrei für mich kochen. Das heißt, ihr dürft natürlich auch davon probieren."

„Das ist aber großzügig von dir, Schwester!" Heiko grinst.

Heike kramt ihr Nähzeug hervor, während Husch ungehindert auf unserer langen Mittagstafel herumflitzen darf. Von Bandit hat er nichts zu befürchten; der hat im Weizenfeld ein Mauseloch entdeckt und hockt schon seit längerer Zeit unbeweglich davor. Arme Maus, die sich da herauswagt!

Ich helfe Su beim Anlegen der Schwimmweste. Wir anderen kommen allein damit zurecht. Mit vereinten Kräften schieben wir die *HAI* ins Wasser und klettern hinein.

Heiko läßt das Schwert aus dem Schwertkasten, damit die *HAI* am Wind segeln kann. Das Schwert der *HAI* besteht aus einer hölzernen Platte, die durch einen Schlitz im Boden des Bootes gesteckt werden kann. Damit die Jolle durch diesen Schlitz nicht voll Wasser laufen kann, ist er von einem schmalen Kasten, eben dem Schwertkasten, umgeben. Wollen wir mit der Jolle direkt am Strand anlegen, so kann das Schwert vorher im Schwertkasten hochgezogen werden.

Ich ziehe das Segel am Mast hoch. Sofort bläht es sich im Wind und schlägt hin und her.

Heiko reißt die Pinne herum. Das Segel füllt sich knatternd im Wind. Das Boot legt sich auf die Seite und schießt vorwärts. Wir segeln zwischen der Vogelinsel und dem Bananensand hindurch.

„Fahr mal näher an die Bake!“ ruft Su. „Dann können wir Heike und Flo besser erkennen!“

„Geht nicht“, brummt Heiko kopfschüttelnd. „Hier sind jede Menge Untiefen. Näher als bis zur roten Leuchttonne können wir uns nicht wagen. Ich habe keine Lust, bei voller Fahrt mit ausgefahrenem Schwert aufzulaufen.“

Dazu haben wir auch keine Lust. Denn wie sollen wir von Diekhusen zum Bananensand und wieder zurück kommen, wenn die Jolle ein Leck bekommt?

Wir halten uns dicht an der Fahrrinne und segeln an der Westseite der Vogelinsel entlang. Hier, mitten im Strom, ist das Wasser recht bewegt. Ein weißes Fährschiff kommt auf uns zu.

„Das ist die *Prinz Hamlet*“, erklärt Heiko uns. „Sie fährt nach Harich in England.“

„Harwich“, verbessert Bastian.

„Hm?“

„Harwich heißt die Stadt in England, und nicht Harich!“

Heiko zieht eine Grimasse. „Sehr wohl, Herr Professor, dann eben Harwich, wenn Ihnen das lieber ist.“

Währenddessen hat sich das große Fährschiff rasch genähert. Als die weißen Bordwände und Aufbauten immer höher und bedrohlicher vor uns aufragen, klammert sich Su angstvoll am Dollbord fest.

„Hast du Schiß?“ fragt Bastian.

„Quatsch“, sagt Su geringschätzig. „Ich habe nie Schiß!“ Aber ganz überzeugend klingt ihre Stimme nicht.

„Brauchst du auch nicht", beruhigt Heiko sie. „Ich bin der beste Seefahrer weit und breit. Bei mir passiert dir nichts!"

„Hau nicht so auf den Putz!" rufe ich ihm zu.

Wir segeln so nah an der Fähre vorüber, daß wir die Passagiere, die auf den verschiedenen Decks an der Reling lehnen, genau erkennen können. Sie winken uns zu. Kein Wunder, sie haben eine Schiffsreise bei ruhiger See und strahlendem Sonnenschein vor sich.

Su faßt wieder Mut und winkt zaghaft zurück. Als die Sogwellen des Schiffes unsere kleine *HAI* erreichen, werden wir tüchtig hin und her geschaukelt.

Rasch haben wir das Ende der Vogelinsel erreicht. Kurz darauf gelangen wir in den ruhigeren Nebenarm der Elbe. Wir müssen jetzt gegen den Wind ankreuzen.

Ich krame Heikos Fernglas aus dem Schapp und suche sorgfältig das Ufer ab. Ganze Möwenschwärme kreisen über der Insel und dem Wasser. Ihr schrilles Geschrei übertönt zeitweise das Rauschen des Windes. Das Ak-ak der Enten kommt nicht dagegen an.

Zwischen den Erlen und Weiden schimmert das rote Ziegeldach einer Hütte.

„Das ist das Vogelwärterhaus", erklärt Heiko, der in die Richtung schaut, in die ich das Fernglas halte.

„Schade, daß wir nicht an Land dürfen", sage ich bedauernd. „Es müßte spannend sein, eine fremde Insel zu erforschen!"

„Da!" ruft Heiko. „Dort sind zwei Seeschwalben!"

Wir beobachten die schlanken, anmutigen Vögel eine Weile. Sie sind vollendete Flieger und Taucher und nicht so plump wie die Möwen. Plötzlich stürzt sich eine

Seeschwalbe aus der Luft ins Wasser und fliegt mit einem zappelnden Fisch im Schnabel zur Vogelinsel, wo sie hinter den Büschen verschwindet.

„So müßte man fliegen können!“ schwärmt Bastian und blickt ihr sehnsüchtig nach.

Die Bake kommt in Sicht. Wir sind wieder an unserem Ausgangspunkt angelangt.

Heike winkt uns lachend mit dem Kochlöffel.

„Ihr seid rechtzeitig zurück!“ ruft sie. „Der Kartoffelbrei ist fertig!“

Wir klettern an Land. Heiko wirft den Anker ein Stück höher in den Sand, damit die *HAI* später bei aufkommender Flut nicht zu weit abtreibt.

„Wie war es?“ erkundigt sich Heike.

„Nichts los auf der Vogelinsel“, berichtet Bastian uninteressiert.

„Dort sind nur Vögel und Enten“, fügt Su hinzu. „Eine langweilige Insel.“

Doch mit dieser Feststellung sollte sie nicht recht behalten.

„Mir ist ganz schön heiß beim Kochen geworden“, stöhnt Heike. „Wollen wir uns vor dem Essen noch ein wenig abkühlen?“

„Super!“ stimmen wir zu.

„Flo, paß bitte inzwischen auf den Kartoffelbrei auf!“ ruft Heike zu Flo hinüber, der immer noch im Schatten unter den Weiden liegt und liest. Allerdings hat er inzwischen einen neuen Grashalm im Mund.

Wir anderen planschen und toben übermütig herum, passen aber auf, daß wir kein Wasser in den Mund bekommen, denn das Elbwasser ist schmutzig, und unsere

Eltern sehen es nicht gern, wenn wir im Fluß baden.

Völlig abgekämpft waten wir zu den Zelten zurück, um das nasse Badezeug auszuziehen und uns abzutrocknen.

„Nehmt alle Platz an unserer Festtafel!“ verkündet Heike mit geheimnisvoller Miene. „Es ist soweit! Jetzt gibt es den wunderbar sahnigen Kartoffelbrei à la Heike Hansen. Ich muß ihn nur kurz aufwärmen, weil er inzwischen kalt geworden ist!“

Heike wendet sich dem Gaskocher zu und erstarrt. Am Kocher steht Bandit und frißt genüßlich. Sein halber Kopf ist im Topf verschwunden, nur sein gesundes Auge schielt wachsam über den Rand zu Heike.

Heike erstarrt – da steht Kater Bandit am Kochtopf und frißt genüßlich

Als Heike schreiend und den Kochlöffel schwenkend auf ihn losstürzt, nimmt er schleunigst Reißaus.

„Du Dieb!“ schreit Heike erbost hinter ihm her. „Die Hälfte unseres Abendessens hast du verputzt! Na, Kartoffelbrei, von dem ein Kater gefressen hat, der vielleicht gerade vorher eine Maus verspeist hat, mag ich auch nicht mehr.“ Sie wendet dem Topf den Rücken zu. „Warum hast du nicht besser aufgepaßt, Flo?“ Heike läßt ihren Grimm an Flo aus.

Flo hebt seinen Lockenkopf und macht ein unschuldiges Gesicht. „Ich? Ich habe doch aufgepaßt. Husch ist okay!“ Und er nimmt den Hamster behutsam aus seinem T-Shirt heraus.

„Das schockt!“ schreit Heike aufgebracht. „Ich meinte nicht den Hamster, sondern den Kartoffelbrei!“

„Wieso, was für einen Kartoffelbrei?“ stottert Flo hilflos.

„Es ist zwecklos, mit dir zu reden, wenn du ein Buch liest!“ Heike gibt sich geschlagen.

„Du kannst ja morgen einen neuen Brei kochen“, tröste ich meine Freundin. „Jetzt machen wir eine Dose Würstchen auf!“

„Lieber gleich zwei!“ ruft Heiko erfreut. „Würstchen schmecken sowieso besser als Kartoffelbrei!“

„Kartoffelbrei ist etwas für Babys und nichts für Männer“, pflichtet Bastian ihm bei.

„War doch prima von Bandit, daß er geklaut hat“, flüstert Heiko Bastian mit Verschwörermiene zu. „Sonst müßten wir jetzt diesen Pamps in uns reinstopfen!“

Aber Heike hat gute Ohren. Erbost knallt sie ihrem Bruder den Kochlöffel auf den Rücken. Heiko verzieht sich und taucht mit zwei Würstchendosen wieder auf.

In der einen Hand ein trockenes Stück Brot, in der anderen ein Würstchen, so verzehren wir gutgelaunt unser Abendbrot.

„Willst du nichts essen, Flo?“ fragt Heike verwundert. „Du verhungerst glatt über deinen Büchern.“

Flo klappt sein Buch zu, erhebt sich und kommt schnuppernd näher.

„Wo ist denn der Kartoffelbrei?“ fragt er arglos. „Habt ihr etwa alles aufgegessen?“

„Dort im Topf ist noch genug!“ sagt Heike.

Und Flo, der von dem ganzen Theater nichts mitbekommen hat, ißt den restlichen Brei auf.

Su betrachtet Flo die ganze Zeit über fasziniert. Erst als er die letzten Reste mit dem Löffel auskratzt, erkundigt sie sich mit unschuldiger Miene: „Hast du noch keine Bauchschmerzen, Flo?“

„Nein, warum?“

„Es hätte ja sein können..., weil Bandit, der vorher eine Maus verspeist hat, aus demselben Topf gefressen hat.“

„Igitt!“ ruft Flo und hält den Topf von sich. „Wenn ich jetzt sterbe, seid ihr schuld!“

„So schnell stirbst du nicht“, meint Su ungerührt.

Wir heben lauschend den Kopf. Das Motorengeräusch eines Traktors nähert sich.

„So, mein Vater kommt“, stellt Heiko mit vollen Backen kauend fest.

Das Getucker erstirbt plötzlich. Kurz darauf zwängen sich Herr und Frau Hansen durch die Büsche.

„Hallo, Kinder! Oh, ihr eßt gerade zu Abend. Guten Appetit!“

„Danke!“

„Wie habt ihr den ersten Tag überstanden?"

„Prima, Mama", versichert Heike.

„Ich habe euch einen Erdbeerkuchen mitgebracht, Kinder. Aber ihr seid wohl schon satt?"

„Oh, den Kuchen können Sie trotzdem hierlassen, Frau Hansen!" ruft Bastian schnell. „Den essen wir zum Nachtisch."

Herr Hansen sieht nach den Zelten und prüft, ob die Gasflasche zugedreht ist. Er findet nichts zu bemängeln.

„Scheint ja alles in Ordnung zu sein", sagt er anerkennend. „Dann gute Nacht, Kinder, und laßt euch nicht kidnappen."

„Wieso kidnappen?" fragt Heiko ein wenig undeutlich, weil er gerade ein riesiges Stück Erdbeerkuchen in den Mund stopft.

„Wir haben vorhin in den Nachrichten gehört, daß die kleine Tochter eines Reeders aus Hamburg heute mittag, nur wenige Meter vom Elternhaus entfernt, entführt worden ist. Die Entführer verlangen fünfhunderttausend Mark Lösegeld für das kleine Mädchen."

„Wo ist das Mädchen jetzt?" fragt Su mit großen Augen.

„Tja, wenn das die Polizei wüßte, hätte sie das Kind schon längst befreit. Die Kidnapper halten es irgendwo versteckt, bis der Vater bezahlt hat."

„Und wenn er nicht bezahlt?"

„Das wird er bestimmt. Schließlich will er sein Kind lebend wiederhaben."

„Kidnapping ist ja wohl das Gemeinste, was es gibt!" ruft Heike wütend. „Stellt euch vor, nur um Geld von den Eltern erpressen zu können, rauben sie ihnen ihr Kind und drohen womöglich noch, es zu töten, wenn das Lösegeld nicht bezahlt wird!“

„Ja, die armen Eltern“, sagt die kleine, mollige Frau Hansen mitfühlend. „Es muß furchtbar für sie sein, in völliger Ungewißheit zu schweben und nicht zu wissen, wie es ihrem Kind geht und ob es überhaupt noch lebt. Und die arme Kleine! Sie wird furchtbare Angst haben!“

„Eine Schweinerei ist das!“ stimmen wir empört zu. „Die Verbrecher nutzen die Not und Verzweiflung der Eltern aus und spielen mit dem Leben des Kindes, um an Geld zu kommen. Hoffentlich werden sie von der Polizei geschnappt!“

„Würdest du für mich auch fünfhunderttausend Mark Lösegeld bezahlen, Papa?“ fragt Heike und sieht ihren Vater gespannt an.

„Für dich würde er höchstens noch etwas draufzahlen, damit er dich los wird!“ lacht Heiko und rächt sich für den Schlag mit dem Kochlöffel.

Herr Hansen holt tief Luft. „Fünfhunderttausend Mark würde ich nie zusammenkratzen können!“ sagt er nachdenklich.

„Aus diesem Grunde wird Heike auch nicht gekidnappt“, erklärt Bastian. „Die Gangster suchen sich nur Kinder von stinkreichen Leuten aus. Die wollen schließlich Geld sehen.“

„Da können wir ja direkt froh sein, daß wir nicht reich sind“, sagt Frau Hansen erleichtert. „So brauchen wir uns auch keine Sorgen zu machen, daß ihr entführt werden könntet!“

„Die Kinder von Millionären müssen bestimmt einen eigenen Leibwächter haben, damit ihnen nichts passiert!“ überlege ich laut.

„Die Kinder sind arm dran!“ ruft Flo mitleidig. „Sie dürfen sicher nie allein wie wir auf einer Insel zelten!“

„Stellt euch vor, wie furchtbar das ist“, fügt Heike hinzu. „Wenn man einen Freund besuchen will, rennt immer ein Aufpasser hinterher!“

„Das muß ja ein gräßliches Leben sein!“ Heiko schüttelt sich. „Ein Glück, daß wir nicht reich sind, sonst dürfte ich auch nicht allein mit meiner Jolle auf dem Strom segeln!“

„Wo das kleine Mädchen wohl versteckt ist?“ fragt Su bedrückt. „Ob es jetzt allein ist und weint?“

„Da siehst du, was du angerichtet hast“, wendet sich Frau Hansen vorwurfsvoll an ihren Mann. „Du hättest nichts von der Entführung erwähnen sollen. Jetzt machen sich die Kinder Gedanken und können womöglich die ganze Nacht nicht schlafen!“

„Schadet nichts, wenn sie ab und zu mal mitbekommen, daß es auch viel Böses in der Welt gibt. Ich glaube, die sechs schlafen trotzdem wie die Murmeltiere. Mach dir deshalb keine Sorgen. So, Kinder, wir gehen jetzt. Schlaft gut und kriecht nicht so spät in die Schlafsäcke!“

Wir bringen Herrn und Frau Hansen zum Traktor und sehen ihnen nach, bis sie zwischen den Feldern verschwunden sind.

Heiko klatscht in die Hände.

„Habt ihr gehört? Wir sollen nicht so spät zu Bett gehen, hat mein Vater gesagt!“ feixt er. „Also los, ab in die Schlafsäcke!“

„Die Sonne ist ja noch nicht einmal untergegangen“, protestiert Flo laut.

„Die Sonne scheint noch wunderschön, drum wollen wir spazierengehn!“ Su ignoriert Heikos Befehl, der sowieso nicht ernst gemeint war. Sie wandert mit ihrer Babypuppe und Flo zur Bake hinüber.

Während wir die Vogelinsel umsegelt haben, ist Heike sehr fleißig gewesen. Sie hat für jeden von uns eine gelbe Acht auf ein viereckiges Stück Stoff gestickt.

„Ausgenommen sind Husch und Bandit", lacht sie vergnügt. „Ich glaube nicht, daß sie unser Abzeichen an sich dulden würden."

Wir jedoch heften mit Hilfe einer Sicherheitsnadel das Abzeichen stolz an unsere T-Shirts.

„Husch und Bandit werden unsere Abzeichen nicht mögen!" Heike lacht vergnügt

Später finden wir uns alle an der Bake ein. Die Umrisse der Vogelinsel verschwimmen langsam in der Dämmerung. Das rote Licht der Leuchttonne blitzt in regelmäßigen Abständen auf und verschwindet wieder. Sonst ist es dunkel und still auf dem Wasser. Die Vögel sind seit einer Weile verstummt. Längst haben sie sich einen Schlafplatz gesucht.

Ich ziehe gerade mein Sweatshirt über, weil mir kalt wird, als Heiko „Pst!" sagt.

Wir lauschen gespannt. Mir ist so, als ob ich in Richtung der Vogelinsel ein schwaches Motorgeräusch hörte.

„Da ist ein Boot in der Nähe der Vogelinsel", meint auch Bastian. „Komisch, warum hat es keine Positionslichter gesetzt?"

„Seht doch!" ruft Flo erregt und streckt den Arm aus. „Dort ist ein Licht! Ein Licht auf der Vogelinsel!"

Wir springen alle gleichzeitig in die Höhe und versuchen mit unseren Augen die Dunkelheit zu durchdringen. Kein Zweifel, ein helles Viereck schimmert von drüben durch die Büsche.

„Das sieht so aus, als ob im Vogelwärterhaus Licht brennt!" sagt Heike verblüfft.

„Ja", stimmt Bastian zu, der rasch das Fernglas geholt hat, „das Licht kommt aus der Hütte. Ich denke, die Insel ist unbewohnt?"

„Hm", macht Heiko. „Wollen wir rüber und das Rätsel lösen?"

„Jetzt im Finstern?" Flo graust es, er schaudert.

„Du und Su, ihr könnt ja als Zeltwache hierbleiben!"

„Warum ich?" fragt Su aufgeregt. „Immer wollt ihr mich ausschließen, wenn es spannend wird. Ich komme mit!"

„Und wenn wir im Dunkeln auf Grund laufen?“ wendet Heike zögernd ein.

„Wir nehmen die Ruder“, meint Heiko unbesorgt.

„Jetzt ist das Licht erloschen“, meldet Flo.

Das helle Viereck ist verschwunden. Auf der Vogelinsel ist es dunkel wie zuvor. Wir spähen noch eine Weile angestrengt hinüber, aber das Licht erscheint nicht wieder.

„Jetzt im Finstern hinüberzurudern hat keinen Sinn“, beschließt die praktische Heike. „Ja, wenn wir im Dunkeln sehen könnten wie Bandit... Aber wir haben nur die beiden Taschenlampen, und die reichen nicht aus.“

„Dann fahren wir im Morgengrauen“, entscheidet Heiko, „bevor es richtig hell wird. Sonst entdeckt uns womöglich der Wasserzoll oder die Wasserschutzpolizei. Wenn die merken, daß wir dort an Land gehen, bekommen wir Ärger.“

Wir stimmen erleichtert zu. Ehrlich gesagt, sehr verlockend finde ich die Aussicht nicht, in einer winzigen Jolle auf dem dunklen Wasser zu sein.

„Wenn ihr frühmorgens fahrt, komme ich nicht mit“, sagt Su überlegen. „Im Finstern eine Segelpartie machen ist spannend. Aber bei Tageslicht ist nichts dabei.“

„Dann bleibst du eben mit Flo als Wache zurück“, bestimmt Bastian kurzerhand. „Wollen wir jetzt schlafen gehen?“

Wir nicken. Im Schein der Taschenlampen schlendern wir zu unseren Zelten und kriechen hundemüde in die Schlafsäcke.

„Was machen wir mit Husch?“ frage ich besorgt.

Der Hamster turnt unbeschwert im Licht der Taschenlampe auf den Schlafsäcken herum.

„Womöglich zerdrücken wir den kleinen Kerl, wenn wir uns im Schlaf umdrehen!“

„Da könnt ihr unbesorgt sein“, beruhigt uns Heike. „Husch paßt schon auf sich auf!“

Su steckt noch einmal ihre Stupsnase aus dem Schlafsack hervor. „Wenn Husch über mein Gesicht huscht, schreie ich ganz laut, damit ihr Bescheid wißt!“ warnt sie uns eindringlich und kuschelt sich wieder ein, so daß nur noch ihre Zöpfe herausgucken. Ich ziehe den Reißverschluß zu und knipse die Taschenlampe aus.

„Gute Nacht!“ rufe ich zum Nachbarzelt hinüber.

Von dort kommt als Antwort nur ein undeutliches Gemurmel. Die Jungen schlafen schon halb.

Gähnend krieche ich noch tiefer in den Schlafsack. Die Wärme hüllt mich ein. Draußen raschelt der Wind in den Zweigen der Weiden und Erlen. Stampft ein Schiff vorbei, höre ich kurz darauf die Sogwellen an den Strand schlagen. Alle Geräusche sind so seltsam klar.

„Miau“, macht es da kläglich hinter dem Zelt, und jemand kratzt energisch an der dünnen Leinwand.

„Tut mir leid, Bandit, du mußt heute draußen bleiben“, flüstere ich schlaftrunken. „Du würdest sonst womöglich den Hamster fressen. Aber morgen kommst du rein, das verspreche ich dir.“

Auf der Vogelinsel

Ich wache davon auf, daß ich unsanft an der Schulter gerüttelt werde. Widerwillig schlage ich die Augen auf. Heiko kniet auf meinem Schlafsack.

„Wach endlich auf, Sabine! Die Sonne ist schon vor zwei Stunden aufgegangen!"

„Brrr, ist das kalt!"

Schleunigst tauche ich wieder in die wohlige Wärme meines Schlafsackes hinab.

„Bastian und ich rudern jetzt zur Vogelinsel. Wenn ihr mitwollt, müßt ihr euch beeilen!"

Damit kriecht Heiko rückwärts aus dem Zelt.

Ich spähe durch die Öffnung nach draußen. Dichter Morgennebel hängt wie eine Wolldecke vor dem Strom und der Vogelinsel. Ich kann nicht einmal bis zur Bake blicken.

„Ui, wie ungemütlich!"

Ich fechte einen kurzen Kampf mit mir aus, ob ich mich einfach wieder einkuscheln und weiterschlafen soll. Aber den Triumph, daß wir morgens früh nicht aus den Federn finden, will ich den Jungen nicht gönnen.

Energisch schüttele ich Heike, die noch fest schläft. Nur Husch turnt munter über ihr Gesicht. Das stört sie nicht im geringsten.

„Heike, aufstehen! Wir wollen zur Vogelinsel!"

„Jetzt schon?" Heike gähnt und reibt sich die Augen. „Es ist ja noch mitten in der Nacht!"

Ich blicke auf meine Armbanduhr.

„Sechs Uhr zehn", sage ich.

„Was? Ich denke, wir wollten vor Sonnenaufgang los!"

„Die Jungen haben wohl auch verschlafen. Sehen kann uns trotzdem niemand. Über dem Wasser hängt dichter Nebel."

Es fällt uns schwer, uns von den molligen Schlafsäcken zu trennen. Zähneklappernd wühlen wir unsere Trainingsanzüge aus den Taschen und schlüpfen rasch hinein. Heike schiebt Husch liebevoll unter ihre Trainingsjacke.

„Dich nehme ich lieber mit", sagt sie fürsorglich, „sonst erwischt Bandit dich womöglich, wenn du dich irgendwo zum Schlafen einkuschelst."

Su wälzt sich herum und blinzelt ins Licht.

„Wollt ihr los?" fragt sie mit verschlafener Stimme.

„Ja. Flo und du, ihr habt es gut. Ihr könnt noch weiterschlafen."

„Was sagen wir, wenn Herr Hansen kommt und nach euch fragt?"

„Sagt einfach, daß wir eine kleine Segelpartie unternommen haben. Verratet auf keinen Fall, daß wir zur Vogelinsel gefahren sind!"

„Ist gut. Wann kommt ihr zurück?"

„Das kann ich jetzt noch nicht sagen."

„Wenn ihr bis Mittag nicht hier seid, sage ich Herrn Hansen Bescheid!"

„Warum sollten wir bis Mittag nicht zurück sein? Wir wollen uns dort ja nicht ansiedeln!"

„Es könnte doch sein, daß ihr bei dem dichten Nebel mit der *HAI* absauft!"

„Du hast vielleicht schwarzen Humor!" sage ich empört.

„Tschüs!“ Su gähnt ungerührt und mummelt sich bis zur Nasenspitze ein. „Mast- und Schotbruch!“

Ich bücke mich, um den Zelteingang zu verschließen. Da zwängt sich Bandit geschmeidig durch die Öffnung. Endlich hat er es geschafft, ins Zelt zu kommen, nachdem er die ganze Nacht ausgesperrt war. Schnell schnuppert er an Heikes Schlafsack.

„Da kannst du lange suchen!“ lache ich. „Husch sitzt wohlverwahrt in Heikes Jacke!“

Ratsch, ziehe ich den Reißverschluß zu. Wie ich Bandit kenne, wird er es sich jetzt in meinem Schlafsack bequem machen. Soll er nur.

Schemenhaft kann ich drei Gestalten wahrnehmen, die sich an der Jolle zu schaffen machen. Die größte Gestalt, nämlich Bastian, winkt ungeduldig.

„Wo bleibst du, Sabine?“

Heike und Bastian hocken mittschiffs auf der Bank und halten bereits jeder ein Ruder in den Händen. Ich stoße das Boot ab, schwinge mich hinein und ziehe Turnschuhe über meine nassen Füße. Alles ist klamm und kalt. Ich sehne mich nach dem blauen Zelt, in dem Su und Bandit jetzt warm eingekuschelt weiterschlafen und das bereits vom Nebel verschluckt wird.

Als ich umherblicke, wird mir doch ein wenig unheimlich zumute. Der Bananensand ist im Nebel verschwunden. Nur die Umrisse der Bake schimmern geisterhaft hindurch. Ein Trost, daß wenigstens das Blinklicht der Leuchttonne zu sehen ist.

„Sag mal, Heiko, wie willst du in dieser Erbsensuppe die Vogelinsel finden?“

„Jetzt brauchen wir einen Kompaß“, knurrt Bastian

verdrießlich. „Sonst drehen wir uns womöglich im Kreis und merken es gar nicht.“

„Ich habe eine Idee“, sagt Heiko unbekümmert, der achtern im Boot an der Pinne sitzt. „Ihr zieht die Ruder ein, und wir lassen uns treiben. Es ist auflaufendes Wasser, und daher müßten wir von der Strömung direkt an die Vogelinsel getragen werden. Das dauert nur ein wenig länger. Aber wir haben ja Zeit.“

Frierend sitzen wir im Boot und versuchen vergeblich, die milchigweißen Wände mit den Augen zu durchdringen. Wie ein Gespensterschiff treibt die Jolle dahin.

„Wir haben gar keine Positionslaterne gesetzt!“ Ich fahre erschrocken hoch. „So können wir leicht von einem anderen Schiff gerammt werden!“

Heiko ist die Ruhe selbst. „Reg dich nicht auf, Sabine. Wer soll uns hier rammen? Wir sind doch nicht an der Fahrrinne!“

„Und wenn wir dorthin treiben?“ fragt Heike und kaut nervös an einem Fingernagel.

Die Aussicht, von einem der riesigen Schiffe, die wie Ungetüme aus dem Nebel tauchen, entzweigeschnitten zu werden, ist nicht gerade verlockend.

„Macht euch keine Sorgen!“ Heiko beruhigt uns. „Wir landen an der Vogelinsel – wollen wir wetten?“

Aber wir verspüren keine Lust zum Wetten.

„Vorsichtshalber können wir doch Positionslaternen setzen“, schlägt Bastian vor.

„Wollt ihr vielleicht vom Zollkreuzer entdeckt werden? So sind wir sicherer!“

Ich weiß nicht, wie viele bange Minuten oder Stunden vergehen. Ich habe vergessen auf die Uhr zu schauen.

Vielleicht hat Heiko sich doch verschätzt, und wir sind an der Insel vorbeigetrieben... Jedenfalls kommt es mir wie Stunden vor, als es plötzlich unter dem Kiel der Jolle knirscht. Eine dunkle Wand taucht bedrohlich aus dem Nebel auf. Die dunkle Wand entpuppt sich als breiter Schilfgürtel.

„Na, was hab ich gesagt!“ ruft Heiko stolz. „Wir sind an der Vogelinsel gelandet!“

So, wie mir jetzt, muß einst Christoph Kolumbus und seinen Männern zumute gewesen sein, als nach Wochen entbehrungsreicher Seefahrt endlich Land auftauchte.

„Fragt sich nur, ob das hier auch die Vogelinsel ist“, meint Bastian zweifelnd.

„Glaubst du etwa, wir haben neues Land entdeckt?“ feixt Heiko.

Jetzt, da wir wieder festen Boden unter den Füßen haben, ist unsere Angst und Unsicherheit verflogen.

„Helft mal mit, die *HAI* in die kleine Schilfbucht zu ziehen!“ fordert Heiko uns auf. „Dann ist sie später, wenn der Nebel verschwunden ist, vom Wasser aus nicht zu sehen.“

Wir ziehen die Jolle, so weit wir können, in das Schilf und schrecken dabei eine Menge Enten auf, die aufgeregt umherflattern und Ak–ak! kreischen.

„Jetzt wißt ihr auch, warum das Betreten der Insel verboten ist“, sagt Heike. „Wir vier scheuchen schon jede Menge Enten auf. Stellt euch vor, wenn alle Camper, die in Diekhusen ein Boot liegen haben, hier herüberschippern und auf der Insel herumstiefeln. Dann würden wir im nächsten Jahr bestimmt keine Möwen und Enten mehr zu Gesicht kriegen.“

Mir wird ein wenig mulmig zumute.
„Hoffentlich erwischt uns hier niemand", sage ich besorgt. „Sonst bekommen wir bestimmt ein schönes Donnerwetter zu hören!"
„Wir bleiben ja nicht lange", beruhigt Bastian mich. „Wir wollen nur nachsehen, ob gestern nacht Leute hier waren!"
„Wie wollen wir bei dem Nebel die Hütte finden?" fragt Heike.
„Wir warten noch eine Weile im Boot", schlägt Heiko vor. „Der Nebel löst sich bestimmt bald auf. Er liegt nur noch dicht über dem Wasser. Die Baumwipfel sind bestimmt schon im Sonnenschein!"
Die Sonnenstrahlen gewinnen immer mehr Kraft. Ihre Wärme saugt die Feuchtigkeit auf. Bald können wir die Erlen und Weiden hinter der Schilfwand erkennen.
„Los jetzt", sagt Bastian. „Ich gehe voran, dann folgen die beiden Mädchen, und Heiko macht den Schluß."
Wie Piraten, die an einem fremden Eiland gestrandet sind, schleichen wir uns auf die verbotene Insel.
Bastian muß wie ein Luchs aufpassen, daß er zwischen den kleinen Sanddünen nicht in die Nester der Möwen und Brandenten tritt, die hier überall in den Strandhaferbüscheln angelegt sind. Die meisten Jungen sind bereits ausgeschlüpft, und die Eltern machen einen Mordsspektakel, wenn wir zu nahe kommen.
Die letzten Nebelfetzen schweben vorüber und lösen sich auf. Rechter Hand können wir jetzt die Umrisse eines Motorschiffes erkennen.
„Rasch, duckt euch!" ruft Heike erschrocken. „Hinter dem Frachter kommt der Zollkreuzer zum Vorschein!"
Wir werfen uns in den kalten Sand.

„Das fehlte noch, daß mein Vater uns hier entdeckt!“ Ich schlucke. „Gut, daß wir die *HAI* im Schilf versteckt haben.“

„Die Jolle wäre sowieso nicht zu sehen, weil sie auf der anderen Seite liegt“, meint Heiko achselzuckend.

„Es könnte ja sein, daß der Zollkreuzer die Vogelinsel umfährt. Der schleicht überall herum!“

Wir bleiben eine Weile liegen, bis das grüne Boot nicht mehr zu sehen ist, und dringen dann langsam im Schutz der Büsche ins Innere der Insel vor.

Plötzlich halten wir inne. Hinter uns ertönen zwei dumpfe Schläge.

„Was war das?“ fragt Heike erschrocken.

„Vielleicht kam der Lärm von dem Motorschiff“, meint Bastian unsicher.

„Hm“, brummt Heiko, „das Geräusch kam eher aus der Richtung, wo die *HAI* versteckt liegt.“

„Es klang beinahe wie Axtschläge“, sage ich entsetzt.

„Du phantasierst!“ Bastian zerstreut meine Furcht. „Wer soll denn auf der Insel Bäume fällen? Außer uns befindet sich keine Menschenseele hier, und Enten oder Vögel, die mit einer Axt um sich schlagen, habe ich noch nie gesehen.“

„Sehr witzig“, antworte ich beunruhigt.

Wir lauschen eine Weile mit angehaltenem Atem. Aber da keine weiteren Schläge erschallen, pirschen wir vorsichtig weiter. Irgendwie ist mir nicht ganz wohl zumute, und ein Seitenblick auf Heike zeigt mir, daß auch sie unsicher geworden ist.

Vor uns taucht das Vogelwärterhäuschen auf. Die Hütte steht auf einem kleinen, freien Platz. Sie ist aus roten

Ziegelsteinen erbaut. Neben der Tür, fast unmittelbar unter dem Dach, befindet sich ein kleines, vergittertes Fenster. Von dort muß der Lichtschein gekommen sein, den wir gestern abend gesehen haben.

„Früher war das Fenster nicht vergittert", flüstert Heike mir zu, „aber nachdem einmal im Herbst irgendwelche Kerle dort eingedrungen sind und alles mutwillig verwüstet haben, ist das Gitter angebracht worden."

Auf der anderen Seite der Tür steht eine einfache Holzbank ohne Lehne an der Wand. Alles sieht sehr friedlich und verlassen aus. Trotzdem warten wir eine Weile in der Deckung der Büsche. Als sich nichts regt, nähern wir uns vorsichtig.

An der Haustür befindet sich ein Vorhängeschloß. Es blinkt und glänzt in der Sonne, als ob es erst gestern neu gekauft worden wäre.

„Es ist abgeschlossen!" stellt Heiko enttäuscht fest, der das Schloß sofort untersucht hat.

„Das war vorauszusehen", erklärt Bastian.

„Hier liegt eine Zigarettenkippe neben der Tür", sagt Heike erstaunt. Sie bückt sich. „Die Kippe ist noch ganz frisch, kein bißchen vertrocknet. Ich denke, niemand darf die Insel von April bis Oktober betreten?"

„Vielleicht kommen ab und zu Leute hierher, um nach dem Rechten zu sehen", meint Bastian.

„Dann waren gestern abend Leute hier", überlege ich laut, „denn irgendwer muß Licht im Haus gemacht haben. Aber warum kommen die nachts und nicht bei Tage?"

„Seltsam ist das schon", stimmt Heiko zu. „Wir können ja mal die Umgebung der Hütte absuchen. Vielleicht finden wir irgend etwas!"

Gerade wollen wir uns abwenden, da legt Heike den Finger auf den Mund und flüstert: „Pst!"

„Was ist?"

„Da war eben ein Geräusch in der Hütte."

„Vielleicht eine Maus", sagt Heiko.

„Da liegt ein kleines Mädchen auf einem Feldbett!" sage ich erschrocken

„Nein, es klang so wie... wie... ja, wie Weinen!"
„Wie Weinen? Du spinnst!" Heiko tippt sich an die Stirn.
„Wir können ja nachsehen, dann ist Heike beruhigt", schlägt Bastian vor. „Sabine, du bist am leichtesten. Du kannst auf meinen Rücken klettern und durch das Fenster gucken."

Ich steige auf Bastians gebeugten Rücken und presse mein Gesicht gegen das schmutzige Gitter. Zuerst sehe ich gar nichts. Aber als sich meine Augen an das Dämmerlicht in der Hütte gewöhnt haben, springe ich erschrocken von Bastians Rücken.

„Dort liegt ein kleines Mädchen auf einem Feldbett. Es sieht aus, als ob es im Schlaf weinte", berichte ich den verdutzten Freunden.

Was ist mit Angela los?

Heike, Heiko und Bastian starren mich so verblüfft an, als hätte ich gesagt: „Da drin liegt ein Goldschatz des Seeräubers Klaus Störtebeker."

„Was sagst du, Sabine? Ein Mädchen ist in der Hütte?" stammelt Heike.

Ich nicke.

Bastian faßt sich als erster. „Kommt, wir tragen die Bank unter das Fenster. Das muß ich sehen. Vielleicht hat Sabine sich geirrt, und dort liegt nur eine Puppe."

„Ja, glaubst du denn, ich phantasiere mir so etwas zusammen?" frage ich wütend. „Die Kleine braucht vielleicht Hilfe!"

Heike und Bastian stellen die Bank unter das Fenster, und dann kippt sie beinahe um, weil wir uns alle gleichzeitig hinaufdrängen.

„Du hast recht, Sabine!“ ruft Bastian entsetzt und ungläubig. „Da liegt ein kleines Mädchen mit langen, blonden Haaren auf dem Bett. Wie kommt das Kind so allein hierher? Und warum ist die Hütte von außen verschlossen? Irgend etwas stimmt hier nicht!“

Er klopft laut an die Fensterscheibe. Wir anderen drängen und stoßen uns neben ihm, um auch etwas zu erspähen.

„He! Du, hallo!“

Bastian klopft lauter.

Das Mädchen schlägt die Augen auf. Sie blickt verwirrt um sich und verkriecht sich in die hinterste Ecke des Bettes.

„Du brauchst keine Angst vor uns zu haben!“ ruft Bastian mit sanfter Stimme. „Wir tun dir nichts. Wer bist du?“

Das Mädchen starrt uns eine Weile verstört an. Dann scheint es Vertrauen zu uns zu fassen. Es kriecht vom Bett und kommt zögernd ans Fenster.

„Ich heiße Angela, ich bin sieben. Wer seid ihr?“ fragt sie leise.

„Wir sind die *Acht vom großen Fluß*“, antwortet Bastian feierlich. „Wie kommst du in die Hütte, Angela? Die Türe ist doch von außen verschlossen!“

Das Mädchen fängt an zu weinen. Mit tränennassem Gesicht blickt es hilfeflehend zu uns auf.

„Ihr müßt mir helfen, hier rauszukommen. Drei Männer haben mich eingesperrt!“

„Ja, aber warum? Wo sind deine Eltern?“

„Mama und Papa wissen gar nicht, daß ich hier bin, sonst hätten sie mich schon längst geholt!"

„Wie kommst du denn hierher?"

„Die drei Männer haben mich gestern direkt vor unserem Haus in ein Auto gezerrt", schluchzt Angela verzweifelt. „Sie sind mit mir fortgefahren und haben mich in einen dunklen Keller gesperrt. Ich habe furchtbare Angst gehabt. In der letzten Nacht haben sie mich in einem Boot hierhergebracht und eingeschlossen. Hier ist es noch unheimlicher. Glaubt ihr, daß es hier Mäuse gibt? Es raschelt manchmal so."

„Mäuse tun dir nichts", versucht Heike zu trösten. Aber ihre Stimme zittert.

„Wo sind die Männer jetzt, Angela?"

„Wieder fort mit ihrem Boot. Ich habe solche Angst!"

„Jetzt brauchst du keine Angst mehr zu haben", sagt Heiko beruhigend. „Jetzt sind wir ja bei dir!"

„He!" schnauft Bastian atemlos. „Geht euch ein Licht auf?"

Wir sehen uns bedeutsam an. Uns geht nicht nur ein Licht, sondern ein ganzes Elektrizitätswerk auf! Gestern abend hat Herr Hansen von einem kleinen Mädchen erzählt, das entführt worden ist. Wer hätte gedacht, daß die Kleine einige hundert Meter entfernt von uns auf der Vogelinsel versteckt ist? Schlecht ist das Versteck nicht. Niemand würde hier auf der einsamen Insel das Mädchen vermuten. Niemand würde auch nur auf die Idee kommen, hier nachzuforschen, da das Betreten der Insel untersagt ist. Auch wir hätten die Insel nie aufgesucht, wenn unsere Neugierde nicht durch den Lichtschein geweckt worden wäre. Beklommen sehen wir uns an.

„Was habt ihr denn? Warum sagt ihr nichts?“ flüstert Angela.

„Du, Angela, ist dein Vater sehr reich?“ fragt Bastian.

„Ich glaube schon.“ Die Kleine überlegt. „Jedenfalls haben wir ein großes Haus mit einem Park und einem Swimmingpool und drei Autos und viele große Schiffe.“

„Eine Entführung, das schockt!“ ruft Heike und fällt vor Staunen rückwärts von der Bank.

Plötzlich rollen wieder dicke Tränen über die Wangen des Mädchens.

„Bitte, laßt mich hier raus! Ich will zu meiner Mama und zu meinem Papa!“ ruft Angela verzweifelt.

„Hm, das würden wir ja gern tun“, sagt Heiko bekümmert, „aber vor der Tür hängt ein dickes Schloß. Und wir haben keinen Schlüssel und auch kein Werkzeug, um es aufzubrechen.“

Angela schiebt einen wackeligen Hocker heran, sie klettert hinauf und öffnet das Fenster. Bastian rüttelt wild an den Gittern. Aber sie lassen sich nicht bewegen.

„Sag mal, Angela, hast du einen Leibwächter?“ platzt Heiko plötzlich heraus. Das hat ihn wohl schon die ganze Zeit über beschäftigt. Er kann einfach nicht glauben, daß es Kinder gibt, die einen eigenen Beschützer haben.

„Was ist denn das?“

„Nun, ein Leibwächter ist ein Mann, der den ganzen Tag hinter dir herläuft und aufpaßt, daß dir nichts passiert.“

Angela denkt einen Moment ernsthaft nach. „Nein, einen Leibwächter habe ich nicht, aber ich habe Ilse.“

„Ilse? Wer ist denn das?“

„Ilse wird bestimmt ganz unglücklich sein. Sie hat sich mit einer Freundin unterhalten und gesehen, wie die

Männer mich ins Auto gezerrt haben. Ich habe sie noch schreiend und winkend hinter dem Wagen herlaufen sehen."

„Mann, das ist ja interessant! Was macht diese Ilse noch?"

„Sie bringt mich zur Schule und hilft mir bei den Schularbeiten und spielt mit mir. Sie ist eben immer da."

„Wir müssen überlegen, wie wir Angela befreien können!" sagt Heike energisch. „Und es muß schnell gehen!"

„Weißt du was, Angela, unser Boot liegt in der Nähe", erklärt Bastian. „Wir segeln jetzt an Land und holen Hilfe. Es ist schlimm, aber du mußt noch kurze Zeit in deinem Gefängnis aushalten."

„Laßt mich nicht allein!" ruft Angela flehend. „Ich habe schreckliche Angst!"

Sie streckt ihre Arme zwischen den Gitterstäben hindurch und versucht uns festzuhalten.

Heike streichelt beruhigend Angelas Hände. „Du brauchst keine Angst mehr zu haben, Angela", sagt sie sanft. „Wir bringen dich ganz bestimmt zu deinen Eltern. Du mußt nur eine Weile Geduld haben. Hast du schon mal einen Goldhamster gesehen?"

„Nein."

„Ich will mal nachsehen, ob Husch wach ist. Er schläft unter meiner Trainingsjacke."

Heike zupft ein wenig an ihrer Jacke, und kurze Zeit später steckt der Goldhamster seinen Kopf an der Halsöffnung heraus.

„Oh, ist der süß!" sagt Angela leise. „Er schaut aus deiner Jacke wie aus einem Fenster. Darf ich ihn auch einmal halten? Oder beißt er?"

„Nein, er beißt nicht", beruhigt Heike die Kleine. Sie ist

froh, daß sie Angela für eine Weile von ihrem Kummer abgelenkt hat und setzt den Hamster auf die ausgestreckte Hand des Mädchens. Husch macht Männchen, und Angela lacht.

„Ich bleibe hier bei Angela", sagt Heike entschlossen zu uns. „Ihr seid drei, um Hilfe zu holen. Es wäre gemein, wenn wir Angela wieder allein lassen würden!"

„Ich bleibe auch hier!" rufe ich rasch, denn ich würde es nicht übers Herz bringen, meine Freundin allein bei Angela zurückzulassen.

„Gut", stimmt Bastian zu. „Heiko und ich laufen jetzt zur Jolle. Wir kommen so schnell wie möglich wieder. Hier, Sabine, nimm meinen Notizblock und meinen Kugelschreiber. Damit könnt ihr notfalls eine Nachricht hinterlassen, falls irgend etwas passieren sollte!"

„Mach es nicht so spannend", knurre ich, stecke aber Notizblock und Kugelschreiber in meine Hosentasche.

„Macht's gut!" rufen Heiko und Bastian und laufen davon.

Als die Schritte der Jungen verklungen sind, wird es Heike und mir ein wenig mulmig zumute. Ich blicke mich mehrmals verstohlen um. Der kleine Platz liegt friedlich im Sonnenschein, aber mir kommt es vor, als würden hinter jedem der Büsche unheimliche Gestalten lauern.

„Quatsch", wischt Heike mit einer Handbewegung unsere herzbeklemmenden Gedanken beiseite, „außer uns befindet sich kein Mensch auf der Vogelinsel. Wir sehen am hellen Tag Gespenster."

Eine von uns beiden muß immer auf der wackeligen Bank stehen und Angela unterhalten. Sobald wir beide hinunterspringen, fängt sie an zu schluchzen.

„Ein Glück, daß uns die Neugierde auf die Vogelinsel getrieben hat", sagt Heike wütend, „sonst hätte niemand die arme Angela gefunden."

Ich nicke. Die Sonne steigt langsam höher, und ich bekomme Durst. Meine Zunge klebt förmlich am Gaumen. Ich muß an den Sand des Bananensandes denken, in den herrlich kühle Limodosen eingegraben sind.

„Angela, haben dir die Männer nichts zu trinken dagelassen?" frage ich durstig.

„Auf dem Tisch liegt ein Paket mit Butterbroten, und daneben stehen zwei Limoflaschen. Wollt ihr eine haben?"

„Oh, gern", sage ich.

Angela reicht Heike eine Flasche zwischen den Gitterstäben hindurch. Heike nimmt ein paar kräftige Schlucke.

„Langsam!" rufe ich, da ich fürchte, nichts mehr abzubekommen. „Einen kleinen Rest kannst du mir übriglassen. Außerdem muß ich mal dringend hinter den Büschen verschwinden. Bin gleich zurück!"

Die Brauseflasche am Mund, schlendere ich über den freien Platz auf die nächsten Büsche zu. Als die Flasche leer ist, werfe ich sie achtlos beiseite.

„Sabine, wo bleibst du so lange?" Heikes Stimme klingt ein wenig besorgt zu mir herüber.

Gerade will ich antworten, da stockt mir plötzlich der Atem. Aus der Richtung, in der die Jungen verschwunden sind, nähern sich Schritte.

Bastian und Heiko tauchen zwischen den Büschen auf. Ich wundere mich, daß sie so schnell zurück sind. Als ich auf sie zustürmen will, werde ich auf einmal unsicher. Hinter ihnen geht ein Mann. Es ist niemand aus Diekhusen, und so zögere ich unwillkürlich. Der Mann ist nicht viel größer als Bastian. Seinen sonst kahlen Kopf umrahmt ein schmaler Haarkranz. Er hat ein rotes, aufgedunsenes Gesicht, und als mein Blick an seinem Körper hinunterwandert, meine ich zu Gefrierfleisch zu erstarren. In der linken Hand hält er eine kurzstielige Axt und in der rechten eine Pistole – und die ist auf die Rücken meiner Freunde gerichtet!

Ich zwicke mich in den Arm. Das ist doch nicht möglich! Einer der Kidnapper muß die ganze Zeit über auf der Insel versteckt gewesen sein, und die Jungen sind ihm direkt in die Arme gelaufen. Bestimmt hat er uns im dichten Nebel ankommen hören, denn laut genug haben wir uns ja unterhalten.

Heike hat sich beim Nähern der Schritte umgedreht.

„Hallo, ihr seid schon..."

Die weiteren Worte bleiben ihr im Halse stecken.

„Verdammt, noch jemand!" flucht der Mann mit der Glatze. „Wie viele seid ihr eigentlich? Ich konnte euch im Nebel nicht richtig ausmachen."

„Drei", antwortet Bastian geistesgegenwärtig.

Ich atme auf. So habe ich vielleicht eine Chance, zu entkommen.

„Was habt ihr verfluchte Bande hier auf der Insel herumzuschnüffeln? Wißt ihr nicht, daß das Betreten verboten ist?"

„Wieso sind Sie dann hier, wenn es verboten ist?" gibt Bastian mutig zurück.

„Das geht euch nichts an!"

Der Kahle zieht einen Schlüssel aus der Jackentasche und macht sich am Schloß zu schaffen.

„Du kriegst Gesellschaft!" ruft er in die Hütte. „Damit es

dir nicht so langweilig ist."

Heikes Angst hat einer ungeheuren Wut Platz gemacht. „Sie sind ein gemeiner Widerling", stößt sie hilflos hervor. „Warum geben Sie das Mädchen nicht seinen Eltern zurück? Die müssen ja furchtbare Angst haben!"

„Können sie ruhig!" grinst der Kahle. „Je länger sie schmoren, um so eher zahlen sie. Los, reinmarschiert! Ihr könnt so viel schreien, wie ihr wollt. Außer den Möwen hört euch niemand, und die verraten nichts, haha!"

Er lacht gepreßt. Ich schnaube in meinem Versteck vor ohnmächtiger Wut. Aber gleichzeitig habe ich auch furchtbare Angst. Ich weiß, wie gefährlich dies ist. Was wird geschehen, wenn die Kidnapper das Geld bekommen haben? Werden sie Angela überhaupt ihren Eltern zurückgeben? Und was geschieht mit meinen Freunden? Werden die Entführer sie einfach so mir nichts, dir nichts laufen lassen? Mir wird kalt unter der warmen Trainingsjacke.

Heike, Heiko und Bastian verschwinden einer nach dem anderen vor meinen entsetzten Augen in der Hütte. Der Kahle schlägt die Tür zu. Ich sehe deutlich, wie er den Schlüssel im Vorhängeschloß umdreht und ihn wieder in die Jackentasche steckt. Dann legt er sich ein wenig abseits in die Sanddünen, verschränkt die Arme unter dem Kopf und blinzelt nachdenklich in den wolkenlosen Himmel.

Nichts wie weg hier, ist der einzige Gedanke, der noch in meinem Kopf Platz findet.

Auf dem Bauch liegend, robbe ich behutsam rückwärts. Da stoße ich mit dem Ellbogen an die leere Limoflasche. Vorsichtshalber nehme ich sie mit. Wer weiß, vielleicht kommt der Kahle plötzlich auf die Idee, hier herumzustöbern, und dann wundert er sich bestimmt über die Flasche, die doch eigentlich auf dem Tisch in der Hütte stehen sollte.

Erst als ich den dichten Schilfgürtel erreicht habe, der die Insel stellenweise wie eine Schutzmauer umgibt, richte ich mich auf und suche nach der Jolle. Ganz behutsam und vorsichtig muß ich mich bewegen, damit die Enten keinen Koller kriegen und mich durch ihr lautes „Ak–ak" verraten.

Plötzlich bleibe ich verwirrt stehen. Zwar finde ich die *HAI* wieder, aber die Ebbe hat inzwischen eingesetzt. Ein breiter Sandstreifen liegt mittlerweile zwischen Boot und Wasser. Ich kann die Jolle unmöglich allein über den Sand zum Wasser schieben. So viel Kraft habe ich nicht. Mir bleibt nichts anderes übrig, als zu warten, bis die Flut in einigen Stunden zurückkehrt. Ich könnte auch am Westufer entlangschleichen, in der Hoffnung, daß gerade der Zollkreuzer oder das Boot der Wasserschutzpolizei vorbeifährt und mich jemand winken sieht. Die großen Frachtschiffe aus aller Welt, die langsam stromauf und stromab ziehen, nützen mir wenig, denn die Mannschaft an Bord hat ja keine Ahnung, daß es verboten ist, sich hier auf der Vogelinsel aufzuhalten. Die winken höchstens freundlich zurück – und dabei besteht die Gefahr, daß der Entführer aufmerksam wird!

In hilfloser Wut trete ich gegen die Schilfrohre, aber ein empörtes „Ak–ak" läßt mich erschrocken innehalten. Sehnsüchtig schweift mein Blick über den Strom. Ich befinde mich fast genau der Südspitze des Bananensandes gegenüber. Nur einige hundert Meter entfernt reckt die dunkle Bake ihre Arme in den Himmel. Ich bilde mir ein, das blaue und grüne Zeltdach sehen zu können, unter denen Su und Flo nichtsahnend im Schlafsack eingekuschelt träumen.

Dummerweise habe ich Su eingeschärft, Herrn Hansen nicht zu verraten, daß wir zur Vogelinsel gefahren sind. Also wird uns niemand hier suchen, es sei denn, den beiden wird unser langes Ausbleiben unheimlich, und sie verständigen von sich aus die Erwachsenen. Aber wie ich meine Schwester kenne, macht die sich so schnell keine Sorgen, und Flo vergißt alles über seinen Büchern.

Ich schluchze auf und hole weit aus, um mit einer verzweifelten Geste die leere Flasche ins Wasser zu werfen. Da habe ich plötzlich einen meiner Geistesblitze. Wie wäre es, wenn ich eine Flaschenpost zum Bananensand hinüberschicke? Hat die Flut uns heute im Morgengrauen hergetrieben, so muß doch die Ebbe die Flasche zum Bananensand zurückbringen.

Versuchen kann ich es ja. Rasch ziehe ich Bastians Notizblock und Kugelschreiber aus der Tasche und kritzele eine Nachricht.

„Sind im Vogelwärterhaus gefangen – zusammen mit Angela, dem entführten Mädchen – Ein Entführer bewacht uns – Vorsicht, er ist bewaffnet! – Holt rasch Hilfe! – Die Acht!“

Mit zitternden Fingern schiebe ich den Zettel in die Flasche, drehe den Verschluß fest zu und werfe sie mit einem stillen Stoßgebet so weit ich kann in den Strom. Gespannt sehe ich die Flasche noch eine Weile auf den Wellen davonhüpfen, dann verliere ich sie aus den Augen.

Hilfe in Not

Unsichtbar im Schilfdickicht versteckt, hocke ich an der Westseite der Insel, wo sich die tiefe Fahrrinne befindet und die Schiffe zum Greifen nah vorüberziehen.

Schon seit einer Stunde halte ich verzweifelt nach einem Boot der Wasserschutzpolizei Ausschau. Ausgerechnet jetzt, wo ich dringend darauf angewiesen bin, läßt sich kein Schiff blicken.

Einige Enten watscheln zielstrebig neben mir zum Wasser. Sie halten einen Moment inne und beäugen mich mißtrauisch. Dann gleiten sie in die Wellen und schwimmen davon. Neidisch blicke ich ihnen nach. Wenn ich so ausdauernd schwimmen könnte wie die Enten, würde ich bestimmt nicht mehr hier sitzen, sondern längst zum Bananensand gekrault sein.

Endlich erspähe ich den grünen Zollkreuzer. Leider fährt er weit entfernt am jenseitigen Ufer dahin. Vor Enttäuschung und Hunger wird mir ganz flau im Magen. Ich lasse mich ins Schilf zurücksinken und streiche unschlüssig meine Haare aus der Stirn, was vergebliche Mühe ist, da die Ponyfransen sofort wieder zurückfallen. Soll ich zur Hütte zurückschleichen? Bis das Zollboot zurückkommt, können Stunden vergehen. Außerdem läßt mir die Ungewißheit, wie es meinen Freunden inzwischen ergangen ist, keine Ruhe.

Ganz vorsichtig, um nur ja keine Vögel aufzuschrecken, die mich durch ihr Geschrei verraten könnten, rutsche ich auf dem Bauch in Richtung Hütte. Plötzlich liege ich Auge in Auge mit einem Kaninchen, das vor seiner Höhle hockt. Es sitzt unbeweglich da, nur seine Nase zittert unruhig. Ich bewege mich ein wenig. Da springt das Kaninchen erschrocken in die Luft und verschwindet hinter einer kleinen Sanddüne.

Lautlos taste ich mich weiter – an der Hausecke pralle ich erschrocken zurück

Warum flüchtest du denn nicht in deine Höhle? überlege ich bei mir.

Die Frage wird mir sogleich beantwortet. Aus der Kaninchenhöhle piept es leise, und als ich neugierig hineinluge, entdecke ich drei winzige, durcheinanderpurzelnde Flaumbällchen.

In der Kaninchenhöhle hat sich ein Brandentenpaar als Untermieter eingenistet. Die Eltern sitzen in der Nähe und beobachten mich argwöhnisch.

„Habt keine Angst, ich tue euren Kindern nichts", flüstere ich und rutsche weiter.

Je näher ich der Hütte komme, um so heftiger fühle ich mein Herz klopfen. Am Haus ist alles still. Der Platz davor ist leer. Nur die Jacke des Mannes liegt auf der Bank. Er selbst ist nicht zu sehen.

Lautlos taste ich mich weiter. An der Hausecke pralle ich erschrocken zurück. Nur einige Schritte von mir entfernt leuchtet die Glatze des Kahlen. Er sitzt an den Stamm einer Erle gelehnt und hat die Augen geschlossen.

Einige bange Augenblicke verharre ich unbeweglich. Dann trete ich vorsichtig den Rückweg an. Als ich an der Bank vorbeikrieche, auf der die Jacke des Kahlen liegt, durchfährt mich ein freudiger Schreck. In der Jacke steckt der Schlüssel! Gleich in der ersten Tasche ertasten meine Hände etwas Hartes. Es ist der Hüttenschlüssel. Triumphierend stecke ich ihn ins Schloß. Zweimal mißlingt mir das Aufschließen, weil meine Hände so zittern, aber dann habe ich den Schlüssel endlich umgedreht. Behutsam öffne ich die Tür und werde vor Schreck beinahe ohnmächtig, weil sie laut knarrt. Es kommt mir so vor, als könnte man das Knarren bis nach Diekhusen hören. Aber nichts geschieht. Der Kahle scheint fest zu schlafen. Wenn ich Husch dazuzähle, starren mir aus dem Innern der Hütte fünf Augenpaare gespannt entgegen.

„Pst“, raune ich, „kein Wort! Der Kerl ist hinter dem Haus! Schleicht mir nach!“

Im Schutz der Hütte, die uns vor den Blicken des Mannes verbirgt, krieche ich voran. Als ich die schützenden Büsche erreicht habe, wende ich mich herzklopfend um. Angela krabbelt schnaufend neben mich, gefolgt von Heike und Heiko. Bastian hat rasch die Tür zugeschoben und abgeschlossen.

„Gib den Schüssel!“ fordere ich ihn auf, als er endlich neben uns liegt.

„Verflixt, der muß mir beim Kriechen aus der Hosentasche gerutscht sein!“

„Nicht suchen! Das ist viel zu gefährlich. Wenn der Kerl aufwacht, merkt er sowieso bald, daß ihr nicht mehr in der Hütte seid.“

Wir kriechen noch einige Meter weiter. Dann stehen wir gebückt auf und rennen zur Jolle. Heike und ich halten Angela an den Händen und ziehen sie hinter uns her, weil sie nicht so schnell laufen kann.

Trotzdem vergeht wertvolle Zeit, bis wir die *HAI* mit vereinten Kräften ins Wasser geschoben haben. Heike, die am Schilfrand Wache steht, bewegt plötzlich ihre Arme wie Windmühlenflügel.

„Beeilt euch! Er kommt!“ schreit sie mit schriller Stimme.

Schon hören wir eine fluchende Männerstimme. Heiko und Angela sitzen bereits im Boot.

„Für uns ist es zu spät“, keucht Bastian. Er gibt der Jolle einen letzten, kräftigen Stoß.

„Bring Angela in Sicherheit, Heiko!“

„Leg dich lang hin“, höre ich Heiko dem Mädchen zurufen. Gleichzeitig packt er die Riemen und rudert wild drauflos.

Als der Entführer mit gezogener Pistole wie ein wutschnaubender Bulle durch das Schilf bricht, ohne darauf zu achten, ob er die Enten belästigt, die kreischend hochfliegen, schwimmt die *HAI* schon ein gutes Stück weit weg.

„Komm zurück, oder es knallt!“ brüllt der Mann wie von Sinnen. „Euer Pott säuft sowieso gleich ab!“

In ohnmächtiger Wut zielt er mit seiner Pistole auf das Boot. Während ich noch über seine Worte nachsinne und festzustellen meine, daß die *HAI* tatsächlich tiefer als gewöhnlich im Wasser liegt, spüre ich plötzlich eine Bewegung hinter meinem Rücken. Jemand stößt mich grob zur Seite, so daß ich taumelnd in den Sand falle. Eine Gestalt schnellt an mir vorüber, und eine Stimme ruft scharf: „Waffe fallen lassen! Hände hoch!“

Die Stimme kenne ich doch! Mir fällt ein ganzer Felsbrocken vom Herzen vor Erleichterung.

Der Entführer, der zum Boot hinüberstarrt, ist so überrascht, daß er gar nicht ans Schießen denkt, sondern automatisch seine Arme hebt. Die Waffe läßt er achtlos in den Sand fallen.

Und wer steht vor ihm mit gezogener Pistole? Mein Vater in der Badehose. Das Wasser läuft ihm in kleinen Bächen am Körper herab.

Ich starre Papa so verblüfft an, als sähe ich ein Gespenst.

„Bist du es wirklich?“ frage ich verdutzt.

„Onkel Ulf!“ schreit Bastian. „Wie kommst du hierher?“

„Immer der Reihe nach“, antwortet Papa. „Gibt es einen

Ort auf der Insel, wo wir den Burschen hier sicher unterbringen können?"

„Ja, in der Vogelwärterhütte!" ruft Heike eifrig. „Vor der Tür ist ein starkes Vorhängeschloß. Jetzt kann er in seinem eigenen Gefängnis schmoren, in dem jetzt Angela sitzen sollte!"

Bastian will die Pistole des Kahlen aufheben.

„Finger weg", sagt Papa energisch, „die hebe ich selber auf! Wer weiß, ob sie gesichert ist. Das fehlt noch, daß du aus Versehen einen von uns erschießt!"

Bastian zuckt zurück, als wäre er gebissen worden, und schielt die Pistole mißtrauisch an.

Mit bedeutend leichterem Herzen als vorher gehen wir den Weg zur Hütte zurück. Voran der vor sich hin schimpfende Kahle mit erhobenen Armen, hinter ihm Papa mit schußbereiter Pistole. Wir anderen folgen in respektvollem Abstand.

Ein schadenfrohes Grinsen können wir uns jedoch nicht verkneifen, als diesmal der Entführer gezwungenermaßen in der Hütte verschwindet. Wir suchen fieberhaft nach dem Schlüssel. Bastian findet ihn schließlich im Sand vor der Tür und darf abschließen. Vorsichtshalber prüft Papa nach, ob das Schloß auch wirklich eingeschnappt hat.

„So", meint er aufatmend und streicht sich die nassen Haare aus der Stirn, „ich hoffe, der ist für eine Weile auf Nummer Sicher. Hoffentlich kommt Heiko mit dem Mädchen heil zum Bananensand hinüber."

„Ach", sagt Heike eifrig, „da brauchen Sie sich keine Sorgen zu machen, Herr Rehder. Heiko kann besser mit der Jolle umgehen als unser Vater. Das hat vielleicht geschockt, als Sie wie eine Rakete aus dem Schilf geschossen sind! Ich war vor Schreck wie gelähmt!"

„Das tut mir leid", entschuldigt sich Papa, „aber ich hatte keine Möglichkeit, euch vorher zu warnen!"

„Kommt mal her!" ruft Bastian aufgeregt, der die ganze Zeit über hinter dem Haus herumgestöbert hat. „Hier unter der Erle liegt ein Funksprechgerät. Ich habe mich schon gewundert, daß der Kahle vorhin Selbstgespräche geführt hat. Gleich, nachdem er uns eingesperrt hatte, haben wir ihn dauernd murmeln hören. Leider haben wir nicht verstanden, was er gesagt hat."

Papa ist mit zwei Sätzen hinter der Hütte.

„Tatsächlich! Er hat ein Funksprechgerät gehabt. Das verändert die Situation. Los, los, Kinder, versteckt euch im Schilf!"

Er treibt uns wie eine Herde Schafe vor sich her. Das paßt mir nun auch wieder nicht.

„Warum sollen wir uns verstecken?" protestiere ich. „Der Kahle ist doch eingesperrt und kann uns nichts mehr tun!"

„Aber er hat bestimmt seinen Komplizen über Funk mitgeteilt, was hier inzwischen geschehen ist. Nachdem ihr so überraschend aufgetaucht seid, ist das Versteck zu unsicher geworden. Die Entführer können sich doch ausrechnen, daß ihr irgendwann gesucht werdet, wenn ihr nicht wieder auftaucht. Und dabei würde bestimmt auch die Vogelinsel durchsucht werden. Nein, sie müssen das Mädchen schnellstens holen und woanders hinbringen. Beeilt euch, es fragt sich nämlich, wer schneller auf der Vogelinsel ist: die Entführer oder die Polizei, die ich vorhin benachrichtigt habe."

„Ja, aber liegt denn der Zollkreuzer nicht in der Nähe?"

frage ich verwirrt.

„Nein. Ich habe heute Nachtdienst, ich war heute nicht an Bord. Ich konnte gerade noch meine Waffe schnappen!"

Mit langen Schritten eilt Papa durch die Büsche. In der Schilfdeckung gönnt er uns endlich eine Verschnaufpause.

„Ihr fallt auch nur so von einem Abenteuer ins andere! Ich habe mir furchtbare Sorgen um euch gemacht!"

Ich kann es vor Neugierde kaum noch aushalten. „Papa, wie kommst du auf die Vogelinsel, und woher wußtest du nur, daß wir hier in Gefahr sind?"

„Durch deine Flaschenpost!"

„Flaschenpost? Das schockt!" ruft Heike verdutzt. „Hast du etwa eine Flaschenpost abgeschickt, Sabine?"

Ich nicke sprachlos. Nie im Leben hätte ich daran geglaubt, daß jemand die Flasche findet.

„Hat Su die Flasche gefunden?" beginne ich zu fragen. Da werde ich unterbrochen.

Gerade sind wir aus dem Schilf getreten und haben freie Sicht auf den Fluß, als Bastian einen angstvollen Schrei ausstößt.

„Was ist denn da passiert?" fragt Papa erschrocken.

„Die *HAI* geht unter!" schreit Heike neben mir und packt mich am Arm.

Entsetzt starren wir auf den Fluß. Etwa in der Mitte zwischen dem Bananensand und der Vogelinsel liegt die *HAI* bis an den Dollbord im Wasser. Die Jolle sinkt!

Gefangen!

Untätig müssen wir mit ansehen, wie Heiko verzweifelt Wasser schöpft. Plötzlich unterbricht er das und legt Angela und sich eine Schwimmweste um.

„Sie kentern!“ kreischt Heike und springt so ungestüm in die Luft, daß Husch entsetzt unter ihre Jacke flüchtet. „Tun Sie doch etwas, Herr Rehder!“

Zum erstenmal im Leben sehe ich Papa vollkommen ratlos.

„Kann Angela schwimmen?“ fragt Bastian aufgeregt.

„Weiß ich doch nicht“, gebe ich gereizt zurück, weil es mich wurmt, daß Papa auch keinen Rat weiß. „Sie haben ja Schwimmwesten an!“

„Das verstehe ich nicht“, murmelt Papa verstört. „Wie kann die *HAI* bei diesem ruhigen Wetter voll Wasser laufen? Das sieht ja so aus, als ob sie ein Leck hat!“

Ich schlage mir mit der flachen Hand vor die Stirn.

„Klar, die *HAI* hat ein Leck! Vielleicht hat der Kerl mit der Axt ein Loch in den Schiffsboden geschlagen. Kurz nachdem wir heute morgen das Boot verlassen haben, haben wir nämlich zwei dumpfe Schläge gehört. Erinnert ihr euch nicht?“

„Klar!“ fällt Bastian mir ins Wort. „Jetzt weiß ich auch, was der Entführer mit der Axt gemacht hat. Der Kahle hat gehört, wie wir im Nebel am Ufer angelegt haben, und während wir zur Hütte schlichen, hat er unser Boot gesucht und durch die Axtschläge leck geschlagen, um uns an der Rückkehr zu hindern!“

„Aber wieso hat Heiko das Leck nicht sofort bemerkt?“ überlege ich fieberhaft.

„Die Bodenbretter liegen doch darüber. Das Wasser ist erst nach und nach durchgesickert.“

„Von rechts nähert sich ein kleines Motorboot!“ ruft Heike hoffnungsvoll. „Die haben die Schiffbrüchigen bereits gesichtet! Sie halten darauf zu!“

Die *HAI* treibt inzwischen kieloben. Heiko hat Angela am Arm gepackt und schwimmt mit ihr auf das Motorboot zu.

„Gleich sind sie gerettet!“ flüstere ich heiser.

Das fremde Boot nähert sich langsam. Zwei Männer sitzen darin. Einer von ihnen zieht zuerst Angela und dann Heiko an Bord. Wir sehen, wie Heiko und Angela die Schwimmwesten ablegen und ihre nassen Jacken ausziehen.

„Hoffentlich nehmen sie jetzt auch die *HAI* ins Schlepptau“, seufzt Heike bedrückt.

Aber zu unserem maßlosen Erstaunen dreht das Motorboot ab und rauscht mit voller Fahrt den Seitenarm des Flusses zurück, den es gekommen ist.

„Das verstehe ich nicht“, murmelt Bastian und blickt meinen Vater ratlos an. „Warum nehmen die nicht Kurs auf den Hafen von Diekhusen? Dort können sie Heiko und Angela doch bequem an Land setzen.“

„O Gott“, sagt Papa nervös, „ich ahne Schreckliches. Wo bleibt nur das Boot der Wasserschutzpolizei?“

„Da kommt der Zollkreuzer!“ rufe ich.

Eben biegt der schnittige Bug des Schiffes um das Nordende der Vogelinsel. Wir schreien und fuchteln wie toll mit den Armen, um auf uns aufmerksam zu machen. Als Papa sogar einen Schuß aus seiner Pistole in die Luft feuert, wird die Besatzung munter.

„Schwimmt ihnen entgegen!“ kommandiert Papa. „Sie dürfen keine Zeit mit Anlegen verlieren! Wir müssen sofort dem anderen Boot nach!“

Der Hamster klammert sich ängstlich fiepend an Heikes Kopf fest

Er steckt die beiden Pistolen in einen Plastikbeutel, damit sie nicht naß werden, und springt ins Wasser. Heike, Bastian und ich haben uns bereits ins Wasser gestürzt. Husch rast in Todesangst aus Heikes Jackenausschnitt und rettet sich auf ihren Kopf. Dort klammert er sich ängstlich fiepend an ihren Haaren fest.

Schon ist der Zollkreuzer neben uns, hilfreiche Hände ziehen uns rasch an Bord. Kaum stehen wir auf den Planken, da spüre ich, wie der Schiffsboden unter den auf vollen Touren laufenden Maschinen erzittert. Der Kreuzer schießt nur so davon.

„Verfolgt das Motorboot!“ schreit Papa erregt. „Die Entführer haben das Mädchen erneut in ihrer Gewalt... und Heiko dazu!“

Er stürzt, naß wie er ist, auf die Brücke. Das ist wohl das erste Mal in seinem Leben, daß er in der Badehose ein Schiff befehligt.

Wir drei stolpern den Niedergang in den Gemeinschaftsraum hinunter. Einer von der Mannschaft wirft uns Handtücher zu und ruft: „Bleibt unten, egal was geschieht!“

Dann sind wir uns selbst überlassen. Über uns hören wir eiliges Füßegetrampel.

„Ich bin vielleicht schwer von Begriff, aber ich verstehe überhaupt nichts mehr. Ihr etwa?“ fragt Heike und streichelt automatisch über Huschs nasses Fell. Sein kleines Herz schlägt immer noch rasend schnell nach der ausgestandenen Angst.

„Ich glaube, ich sehe so langsam klar“, stottert Bastian mit vor Schreck geweiteten Augen. „Die beiden Männer in dem Motorboot, die Heiko und Angela aufgefischt haben, gehören zu den Entführern. Angela hat uns doch erzählt, daß sie von drei Männern in einem Boot zur Insel gebracht wurde. Zwei sind wieder verschwunden, um das Lösegeld zu kassieren. Den Kahlen haben sie mit einem Funksprechgerät zurückgelassen, damit er sich melden kann, wenn etwas Unvorhergesehenes passiert. Das hat er getan, und nun sind seine Komplizen erschienen, um Angela in ein neues Versteck zu bringen!"

„Ach du dickes Schwein!" rufe ich und kriege den Mund kaum wieder zu.

„Die arme Angela", sagt Heike entsetzt. „Beinahe wäre sie gerettet gewesen, und nun ist sie erneut gefangen!"

Wir rubbeln uns rasch trocken und binden uns jeder ein Handtuch um die Hüfte. Die nassen Sachen werfen wir in eine Ecke. Dann kauern wir uns auf die Bank und drücken unsere Nasen an den Scheiben platt.

„Von hier aus kann man nichts sehen", brummt Bastian enttäuscht. „Kommt, wir schleichen an Deck!"

„Wir sollen doch hier unten bleiben", erinnert Heike.

Wir überhören ihren Einwand. Vorsichtig steigen wir den Niedergang hinauf und stecken unsere Nasen an die frische Luft. Heike folgt uns rasch.

Steuerbord voraus biegt gerade das blaue Boot der Wasserschutzpolizei um das Südende der Vogelinsel.

„Jetzt sind die Entführer in der Zange!" ruft Bastian begeistert.

Vor sich das blaue Boot der Polizei, hinter sich das grüne Zollboot, rechts die Vogelinsel und links das Festland, hat das Motorboot keine Möglichkeit, zu entkommen.

„Sie sind gefangen!" schreie ich.

„Und was geschieht mit Heiko und Angela?" fragt Heike

angstvoll. „Hoffentlich erschießen die Entführer die beiden nicht aus Wut!

An so eine furchtbare Möglichkeit habe ich nicht gedacht. Mir ist auf einmal wieder ganz elend im Magen, und das nicht nur, weil ich seit gestern abend nichts mehr gegessen habe. Nein, viel, viel schlimmer ist die Angst um Heiko und Angela.

Ein Ruck geht durch das Schiff. Die Maschinen stoppen. Schräg voraus dümpelt das Boot der Entführer.

Wir hören einen Polizisten durch ein Megaphon sprechen.

„Achtung! Hier spricht die Polizei! Geben Sie auf! Sie sind umstellt! Wir kommen jetzt an Bord und holen die Kinder."

Einer der Entführer hebt ebenfalls eine Flüstertüte an den Mund und ruft heiser: „Bleibt, wo ihr seid, Bullen! Wenn ihr uns keinen freien Abzug gebt, erschießen wir die Kinder!"

Um den Worten seines Komplizen mehr Nachdruck zu verleihen, stellt sich der andere vor Heiko und Angela und zielt mit der Pistole auf sie.

„Da haben wir den Mist!" höre ich einen von der Mannschaft sagen. „Wir können nichts machen, ohne die Kinder zu gefährden."

„Nun muß die Polizei die Entführer wohl entkommen lassen." Bastian knirscht vor Wut mit den Zähnen.

„Von mir aus können sie entkommen, wenn nur Heiko und Angela nichts passiert", flüstert Heike, blaß vor Entsetzen.

Da bemerke ich, wie Heiko rein zufällig einen Fuß auf den Dollbord stellt. Plötzlich läßt er sich hintenüberkippen. Im Fallen reißt er Angela am Arm mit sich. Das Wasser spritzt hoch auf und schlägt über den beiden zusammen.

In der einsetzenden Verwirrung gehen einige Kommandorufe hin und her. Ich höre Schüsse, und schon liegt das Boot der Wasserschutzpolizei neben dem Motorboot der Entführer.

Aber wo sind Heiko und Angela? Ohne uns weiter um das Verbot zu kümmern, die Kajüte zu verlassen, stürzen wir an die Reling und fallen beinahe von selbst ins Wasser, so weit hängen wir über Bord.

Heikos blonder Schopf taucht zuerst aus den Wellen auf, kurz darauf Angelas. Sie schlägt wild um sich, und beide gehen wieder unter. Der Zollkreuzer gleitet vorsichtig in ihre Nähe.

„Hätten sie bloß die Schwimmwesten anbehalten", stottert Heike und beißt sich vor Aufregung den Finger blutig.

Jetzt taucht Heiko erneut auf. Er kämpft verzweifelt mit Angela, die sich in ihrer Panik an ihm festklammert. Die Männer werfen ihm Rettungsringe zu, aber bevor er einen erwischen kann, zieht Angela ihn wieder mit in die Tiefe.

Ich höre zwei Aufklatscher kurz hintereinander. Papa und noch ein Mann von der Besatzung sind über Bord gesprungen, sie kraulen auf die Stelle zu, wo die beiden Kinder verschwunden sind.

Der Mann bekommt Heiko zu fassen, als er wieder an die Oberfläche kommt. Papa erwischt Angela an ihren langen Haaren, bevor sie erneut untersinken kann.

„Heike, so weine doch nicht!" tröste ich die Freundin und lege ihr einen Arm um die Schulter. „Sie sind gerettet, alle beide!"

Aber Heike schluchzt unentwegt weiter. Die Tränen strömen über ihr Gesicht. Sie kann nicht mehr aufhören zu weinen. Hilfreiche Hände ziehen Gerettete und Retter an Deck. Heiko liegt keuchend auf den Planken und spuckt Wasser durch seine Zahnlücke.

„Vielen Dank!" grinst er, mühsam nach Atem ringend. „Ich glaube, diesmal war ich kurz vor dem Absaufen. Wo ist Angela?"

Bandit und die Flaschenpost

Wir sitzen alle im Gemeinschaftsraum des Zollkreuzers. Hier findet sich die Mannschaft zu den Mahlzeiten ein, und hier werden auch alle Zollformalitäten abgewickelt.

Angela liegt, in warme Decken gepackt, auf einer der Sitzbänke. Sie war nicht dazu zu bewegen, sich in der Koje auszuruhen. Ihr graust davor, in der engen Schlafkammer allein zu sein. Jetzt bekommt ihr Gesicht bereits wieder etwas Farbe, ihre Zähne klappern nicht mehr. Als sie Husch entdeckt, lächelt sie sogar und fragt: „Darf ich Husch halten, Heike?"

„Klar!" stimmt Heike zu und setzt den Goldhamster behutsam auf Angelas Decke. Das Mädchen streichelt so vorsichtig über sein rotbraunes Fell, als habe sie Angst, Husch könne zerbrechen. Sie ahnt nicht, was Husch schon alles erlebt hat.

Der Smutje bringt Heiko und Angela einen Becher heißen Tee mit Kandiszucker und für Bastian, Heike und mich ein Glas Fruchtsaft.

„Ich würde auch lieber Saft trinken“, sagt Heiko unwillig. „Heißer Tee bei dieser Hitze ist doch irre!“

„Befehl vom Käptn!“ Der Smutje grinst ungerührt. „Damit euch innerlich wieder warm wird!“

Papa erscheint in der Tür. Inzwischen hat er sich Hose und Hemd angezogen. Er hat immer einige Kleidungsstücke an Bord, weil es öfter mal vorkommt, daß die Männer auf ihren Fahrten naß werden.

„Na, Kind, wie geht es?“ fragt er besorgt.

„Gut!“ Angela lächelt tapfer. „Kann ich jetzt zu meiner Mama und zu meinem Papa?“

„Selbstverständlich. Wir nehmen sofort Kurs auf Diekhusen. Inzwischen werden deine Eltern auch dort sein, Angela. Sie sind bereits verständigt worden.“

„Was geschieht jetzt mit den Entführern?“ will Bastian wissen.

„Die nimmt die Wasserschutzpolizei mit. Sie holen gerade den dritten Mann von der Vogelinsel ab.“

„Der Kahle wird ein dummes Gesicht machen, wenn ihm die Polizisten die Hüttentür öffnen!“ Ich grinse.

„Das geschieht ihm recht!“ ruft Heike energisch. „Und die Vögel haben wieder ihre Ruhe!“

„So, Kinder, ich muß auf die Brücke. Diekhusen kommt in Sicht!“ sagt Papa. „Gleich fängt es an zu regnen!“

Wir blicken rasch hinaus. Rechter Hand taucht bereits der Giebel von Haus Nr. 1 hinter dem Deich auf. Die anderen Dächer erscheinen in schneller Reihenfolge. Ich erkenne unser Strohdach. Als letztes Gebäude kommt das Café in Sicht.

Der ganze Deich unterhalb des Cafés ist schwarz von Menschen. Als wir in den kleinen Hafen einlaufen, sehen

„Toll!" ruft Bastian. „Der ganze Menschenauflauf gilt dir, Angela!"

wir zwei Streifenwagen und auch einen Krankenwagen an der Mole stehen.

„Toll!“ ruft Bastian überwältigt. „Sieh dir das an, Angela, der ganze Auflauf gilt dir!“

„Sogar Reporter mit ihren Kameras sind da!“ Heike staunt. „Ich möchte wissen, wieso die Leute so schnell spitzgekriegt haben, was hier passiert ist!“

Angela entdeckt ihre Eltern, die als erste ganz vorn an der Mole stehen, und ist nicht mehr zu halten. Sie wirft die Decken zurück, drückt Heike den Hamster in die Hand und stürmt an Deck. Wir können gar nicht so schnell folgen.

Jetzt erkenne ich auch Sus und Flos gespannte Gesichter zwischen den Wartenden. Sogar Bandit sitzt brav vor ihren Füßen.

Kaum hat der Zollkreuzer angelegt, fliegt Angela ihren Eltern in die Arme. Wir klettern, nur mit unseren Handtüchern bekleidet, ebenfalls an Land. Alle schauen uns ernst an. Su stehen Tränen in den Augen. Sie stürzt auf mich zu und drückt sich fest an mich.

Diesmal ist es Bastian nicht peinlich, daß seine Mutter ihn vor all den fremden Leuten in die Arme schließt. Niemand lacht, und der lange Bastian, der gern so erwachsen tut, küßt seine Mutter auf beide Wangen und schert sich nicht im geringsten um die vielen Menschen.

„Hast du meine Flaschenpost gefunden, Su?“ erkundige ich mich, als meine Mutter mich endlich aus ihren Armen läßt.

„Nein, Bandit hat sie gefunden!“

„Bandit?“ frage ich verblüfft.

„Da staunst du, was?“ sagt Su strahlend. „Bandit habt ihr

eure Rettung zu verdanken!"
„Wie denn?"
„Ich habe mit Gerapita allein am Strand gespielt, weil Flo lesen wollte. Auf einmal habe ich gemerkt, wie Bandit mit den Pfoten eine Flasche hin und her gerollt hat. Ich bin gleich zu ihm gelaufen, um nachzusehen, ob die Flasche auch nicht kaputt ist, damit er sich keine Scherben in die Pfoten tritt. Na, und als ich die Flasche aufgehoben habe, habe ich den Zettel darin gesehen!"
„Ja", fällt Flo mit wichtiger Stimme ein, „wir haben zusammen deinen Zettel buchstabiert. Das war gar nicht so einfach, bei deiner krickeligen Schrift. Su hat zuerst gedacht, ihr wolltet uns verulken. Aber dann sind wir doch über die Insel zu Hansens Bauernhof gelaufen. So schnell wir konnten. Bandit kam mit!"
„Puh", stöhnt Su in Erinnerung an den langen Marsch über die Insel, „das war ganz schön anstrengend bei der Hitze! Wotan hat uns fürchterlich angebellt, bis schließlich Frau Hansen gekommen ist und ihn beruhigt hat."
„Wir haben Frau Hansen den Zettel gegeben", erzählt Flo überstürzt weiter. „Sie ist ganz blaß geworden und wußte im ersten Moment gar nicht, was sie machen sollte. Ihr Mann war nicht da, er war mit dem Boot nach Diekhusen gefahren, um einzukaufen. Da hat sie bei euch angerufen, Sabine. Dein Vater hatte dienstfrei und war selbst am Apparat. Er hat gesagt, er würde sich um alles Weitere kümmern und die Polizei verständigen."
„Ja", ergänzt Vater Hansen Flos Bericht, „ich habe deinen Vater am Hafen getroffen, Sabine, und ihn in die Nähe der Vogelinsel gefahren. Ganz haben wir uns nicht herangewagt. Wir wußten ja nicht, ob dort noch mehr

Entführer auf der Lauer lagen und uns beobachteten. Dein Vater ist auf der dem Festland zugewandten Seite über Bord gesprungen. Seine Pistole hat er in einem Plastikbeutel mitgenommen. Dann ist er mehr unter als über Wasser zur Vogelinsel geschwommen."

„Er ist gerade im richtigen Augenblick erschienen!" Heike schaudert noch nachträglich, wenn sie an das unheimliche Erlebnis zurückdenkt.

„Ich konnte leider nichts weiter tun als abwarten", erzählt Heikes Vater weiter. „So bin ich mit meinem Boot zum Bananensand gefahren, habe meine Frau, Florian, Su und den Kater eingeladen und alle nach Diekhusen gebracht. Seitdem sitzen wir hier und haben mit Sorge auf das Ende des Dramas gewartet."

„Da seht ihr mal, wozu eine Flaschenpost gut ist!" sage ich stolz. „Und was Bandit alles kann!" Ich nehme meinen Kater auf den Arm.

Plötzlich drängt sich ein großer, stattlicher Mann, Angelas Vater, zu uns durch. Er umarmt uns alle gleichzeitig, einschließlich Bandit, der sich an meine Schulter drückt und verlegen blinzelt.

„Kinder, euch haben meine Frau und ich es zu verdanken, daß Angela wieder frei und gesund bei uns ist. Wie kann ich euch nur danken?"

„Mit Kartoffelbrei", antwortet Heike lachend. „Ich habe einen Riesenhunger!"

„Ja", erinnere ich mich, „wir haben den ganzen Tag noch nichts gegessen! Kein Wunder, daß mir so schlecht ist."

„Hört mal! Mein Magen knurrt lauter, als unser Schäferhund Wotan bellen kann!" ruft Heiko grinsend.

„Na, so etwas", sagt Angelas Vater. „Wir stehen herum

und reden und meine sechs Freunde hier…“

„Acht“, verbessert Flo und zeigt auf Husch und Bandit. „Der Hamster und der Kater gehören auch dazu!“

„… also gut, meine acht Freunde verhungern noch vor meinen Augen! Ab ins Café, ich lade euch alle zum Essen ein.“

Ein neues Boot

Während wir alle den Deich hinaufklettern und Tante Almut in die Küche stürzt, um etwas Eßbares für uns herbeizuzaubern, holt meine Mutter trockene Sachen für Heike, Angela und mich. Heiko bekommt zu klein gewordene Shorts und ein T-Shirt von Bastian.

Als wir uns angezogen haben und endlich an den zusammengestellten Tischen im Café sitzen, erhält Heike tatsächlich eine Riesenportion Kartoffelbrei. Beim Anblick der Schüssel zieht Heiko ein langes Gesicht. Seine Miene hellt sich aber auf, als Tante Almut eine Platte voller Koteletts herbeischleppt. Dazu gibt es Pommes frites mit viel Ketchup und Majo und Erbsen und Karotten.

Wir haben wirklich zu tun, die leckeren Sachen zu verputzen. Als Nachtisch bringt Tante Almut für jeden einen Eisbecher mit frischen Erdbeeren.

„Jetzt fühle ich mich wieder wohl“, seufzt Heike zufrieden und betastet ihren Bauch, der sich wie eine kleine, runde Kugel unter dem T-Shirt wölbt.

Angela sitzt müde zwischen ihren Eltern und ißt ihr Eis. Sie hat es so energisch abgelehnt, mit dem Krankenwagen ins Krankenhaus zu fahren, daß ihr Vater schnell gesagt hat, natürlich würde sie jetzt bei ihnen bleiben. So mußte der Krankenwagen ohne Angela abfahren.

Angelas Mutter wischt sich die Tränen ab, die ab und zu über ihre Wangen laufen. Sie kann es noch nicht fassen, daß alle Angst und Sorge ein Ende hat und ihre kleine Tochter gesund neben ihr sitzt.

„Haben Sie schon Lösegeld bezahlt?" frage ich Angelas Vater neugierig.

„Nein, die Übergabe sollte heute nachmittag stattfinden. Wo, das sollte mir noch telefonisch mitgeteilt werden. Wir sind so glücklich und dankbar, daß Angela heil und gesund wieder bei uns ist. Ich kann euch gar nicht genug danken, euch Acht vom großen Fluß. Deshalb möchte ich euch einen Wunsch erfüllen. Überlegt in Ruhe."

„Oh!" Heiko stößt einen lauten Seufzer aus.

Er steht schon eine Weile am Fenster und guckt sehnsüchtig auf den Fluß. Sein Vater ist mit einigen Helfern im Boot unterwegs, um die *HAI* zu bergen und abzuschleppen. Bei dem traurigen Anblick, den seine heißgeliebte Jolle bietet, schluckt Heiko immer wieder krampfhaft.

„Dieser gemeine Entführer!" schimpft er dann, um seine Rührung zu verbergen. „Schlägt einfach mit der Axt ein Loch in den Boden unserer *HAI*!"

„Wir lassen die Jolle wieder reparieren, Heiko", tröstet ihn seine Mutter.

„Von was denn? In meiner Spardose ist bereits der Boden zu sehen. Was kann so eine Reparatur kosten?"

„Wir legen eben alle unser Spargeld zusammen", schlägt Flo vor.

„Jetzt weiß ich's!" ruft Angelas Vater. „Euer Boot ist ja beschädigt worden. Wißt ihr was, ich werde euch ein neues

Boot schenken, ein Kajütboot! Würde euch das Spaß machen?"

Wir starren ihn ungläubig an. Angelas Vater muß ganz schön reich sein, wenn er uns einfach so ein Kajütboot schenken kann.

„Ach nein, vielen Dank." Heiko lehnt nach einem schnellen Blick auf seine Mutter ab. „Wir hängen an unserer kleinen Jolle. Sie genügt uns, denn sie hat so gut wie überhaupt keinen Tiefgang, so daß wir überall am Ufer anlegen können. Aber wenn Sie die Reparatur bezahlen würden, wäre das sehr nett!"

„Das ist doch selbstverständlich. Wenn ihr kein neues Boot wollt, was wünscht ihr euch dann?"

„Bücher!" platzt Flo heraus.

„O je, bloß nicht!" ruft Su und verzieht das Gesicht zu einer Grimasse. „Dann sehen wir dich überhaupt nicht mehr!"

„Du bekommst einen ganzen Koffer voller Bücher, aber aussuchen mußt du sie selber. Und ihr anderen, habt ihr keinen Wunsch?"

Wir denken fieberhaft nach, aber leider fällt uns im Augenblick nichts ein, wie immer, wenn man so überraschend gefragt wird.

„Ich glaube, wir haben alles", sage ich schließlich. „Wir haben die Jolle, den Ausguck am Strand und den großen Fluß."

„Das habe ich noch nie gehört, daß jemand wunschlos glücklich ist", sagt Angelas Vater erstaunt.

„Ich weiß etwas", erklärt Angela plötzlich. „Als wir in der Hütte eingesperrt waren, hat Bastian mir erzählt, daß er später mal Pilot werden will. Er hat schon viele Flugzeuge gebastelt, ist aber noch nie in einem Flugzeug geflogen."

Bastians abstehende Ohren röten sich vor Verlegenheit, als Angela vor allen Leuten unbekümmert seine geheimsten Wünsche ausplaudert. Aber Angelas Vater ist froh, daß er endlich etwas gefunden hat.

„Prima!" ruft er. „Dann lade ich euch alle acht zu einem Rundflug ein. Hm, ich meine, alle sechs, denn ich weiß nicht, ob ein Kater und ein Hamster Lust haben, einen Rundflug über Diekhusen, die Vogelinsel, den Bananensand und die Elbe zu machen!"

Er sieht uns erwartungsvoll an. Nun ist Bastian natürlich sprachlos, wir anderen auch. Einmal unser Dorf, die Inseln und den großen Fluß, die Elbe, aus der Vogelperspektive zu sehen, das wäre wirklich Klasse!

„Wann fliegen wir los?" fragt Bastian schnell. Er hat Angst, daß sich Angelas Vater wieder anders besinnen könnte.

„Langsam, langsam!" lacht der. „Es braucht ja nicht gleich heute zu sein. Wir warten einen Tag ab, an dem gutes Flugwetter ist, damit ihr auch etwas sehen könnt!"

„Das schockt, ein Flug über unsere Insel!" Heike gebraucht heute bereits zum hundertsten Mal ihren Lieblingsspruch.

„Dann ist ja alles klar, und wir können wieder auf den Bananensand zu unseren Zelten!" rufe ich laut. „Wer fährt uns rüber? Wir haben ja kein Boot mehr!"

„Ihr wollt doch nicht etwa wieder dort draußen schlafen?" fragt meine Mutter entsetzt. Sie schlägt die Hände über dem Kopf zusammen.

„Das kommt überhaupt nicht in Frage!" rufen alle Mütter energisch.

Unsere Gesichter werden immer länger. Mit der Reaktion haben wir nicht gerechnet.

„Schließlich haben wir Angela nur retten können, weil wir dort draußen übernachtet und das Licht gesehen haben“, erklärt Bastian. „Wollt ihr uns etwa dafür bestrafen?“

„Ich gebe meine Zustimmung nicht!“ Meine Mutter weigert sich standhaft. „Am Ende kommt ihr wieder auf so eine Idee und segelt im dicksten Nebel gegen einen Frachter!“

„Aber wir haben doch kein Boot mehr!“ trumpfe ich auf. „Wir können ja gar nicht mehr heimlich fortsegeln!“

Da muß sich meine Mutter geschlagen geben.

Endlich kommen wir überein, daß wir weiterhin auf dem Bananensand zelten dürfen. Die Leute vom Wasserzoll und von der Wasserschutzpolizei wollen verstärkt Streife fahren und jede Stunde nach uns sehen. Und die Entführer sind ja schließlich hinter Schloß und Riegel.

„Sag deiner Leibwächterin, daß sie besser auf dich aufpassen soll!“ Heiko grinst, als er Angela zum Abschied die Hand drückt. „Immer sind wir nicht da, um dich zu retten!“

„Angela muß vor allen Dingen schwimmen lernen“, wendet sich Bastian ganz ernst an ihren Vater.

Angela und ihre Eltern begleiten uns bis zur Mole, wo Vater Hansen mit seinem Boot auf uns wartet, um uns wieder zum Bananensand zu bringen. Heiko wirft noch einen schnellen Blick zu seiner kleinen Jolle hinüber, die wie ein verwundetes Tier am Strand auf dem Trockenen liegt. Dann steigt er rasch zu uns ins Boot.

„Tschüs!“ ruft Angela uns nach. „Und danke!“ Dann

Wir winken so lange, bis Angela nicht mehr zu sehen ist

tuckern wir langsam aus dem Hafen. Wir winken so lange, bis Angelas kleine Gestalt und ihre Eltern nicht mehr zu sehen sind.

Abends sitzen wir wieder unter der Bake. Wir malen uns den bevorstehenden Rundflug in den leuchtendsten Farben aus. Als die Umrisse der Vogelinsel immer mehr in der Dämmerung verschwimmen, gähnt Su: „Ich bin todmüde. Wollen wir schlafen gehen?"

„Heute können wir beruhigt die Augen zumachen", stimme ich zu, „heute wird bestimmt kein Licht von der Vogelinsel herüberscheinen! Außerdem ist Papa mit dem Kreuzer in der Nähe!"

Kaum habe ich ausgesprochen, blitzt es in einiger Entfernung von uns auf.

„Oh", stottert Flo entsetzt, „nun geht das schon wieder los!"

Heiko lacht ihn aus. „Das ist doch nur die Leuchttonne! Ihr Licht ist angegangen!"

CIP-Kurztitelaufnahme der Deutschen Bibliothek

Kuhnke, Gabriele:
Die Acht vom großen Fluß / Gabriele Kuhnke. –
München: F. Schneider

Bd. 2. Die unheimliche Vogelinsel. – 1985.
ISBN 3-505-09117-0

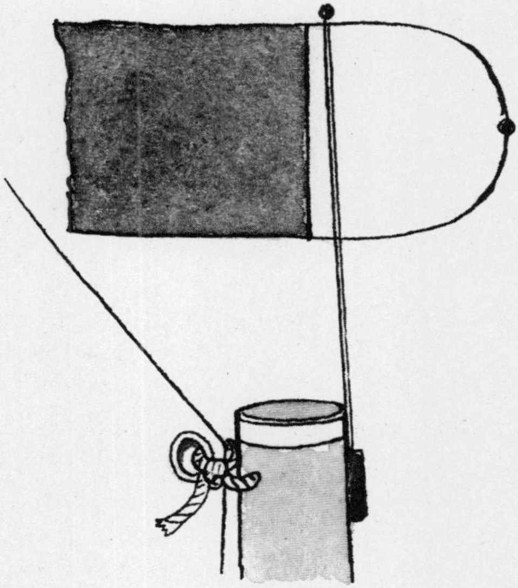

Frankfurter Ring 150 · 8000 München 40
Titelbild und Illustration: Gisela Könemund
Umschlaggestaltung: Claudia Böhmer
Lektorat/Redaktion: Helga Wegener Olbricht
ISBN: 3-505-09117-0

Spannende SchneiderBücher von Gabriele Kuhnke: